霜里梅花江上烟

中共北碚区委宣传部
北碚区文联创作资助项目

雾里梅花江上烟

张昊 著

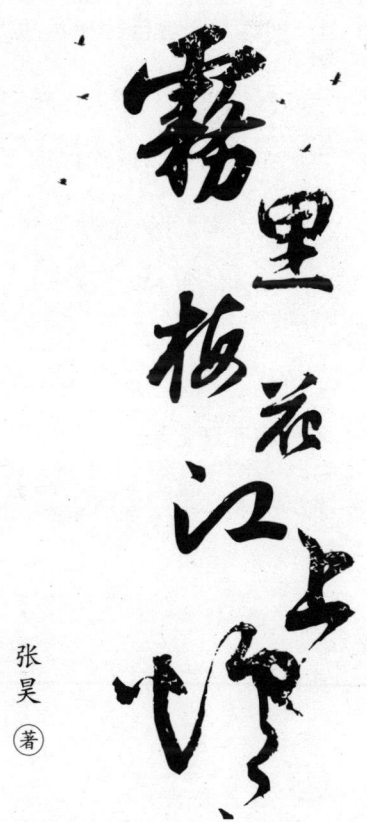

重慶出版集团 重慶出版社

图书在版编目(CIP)数据

雾里梅花江上烟 / 张昊著. —重庆：重庆出版社, 2023.7（2023.10重印）

ISBN 978-7-229-17747-8

Ⅰ.①雾… Ⅱ.①张… Ⅲ.①散文集—中国—当代 Ⅳ.①I267

中国国家版本馆CIP数据核字(2023)第121115号

雾里梅花江上烟
WULI MEIHUA JIANGSHANG YAN

张 昊 著

责任编辑：程凤娟
责任校对：刘小燕
装帧设计：刘艺霖
插页题写：吕　进
肖像漫画：游　江
内文插图：李一夫

重庆出版集团
重庆出版社　出版

重庆市南岸区南滨路162号1幢　邮政编码：400061　http://www.cqph.com
重庆三达广告印务装潢有限公司印刷
重庆出版集团图书发行有限公司发行
全国新华书店经销

开本：889mm×1194mm　1/32　印张：8.875　字数：200千
2023年10月第1版　2023年10月第2次印刷
ISBN 978-7-229-17747-8
定价：49.00元

如有印装质量问题，请向本集团图书发行有限公司调换：023-61520678

版权所有　侵权必究

序：他乡已然成家乡

我知道张昊一直在谋划一本关于北碚的散文集，也在一些报刊上零星读到过他的相关文章。经过几年的积累，这本名为《雾里梅花江上烟》的散文集书稿终于成形，让我很惊喜。

张昊是河北人，来自那座被人们戏称为中国最大村庄的城市。从张昊2010年秋天到西南大学中国新诗研究所攻读硕士学位算起，我和他已经认识10多年了。他和我的关系有点复杂。在燕山大学读本科的时候，他有一个老师叫丛鑫，是我指导的硕士。丛鑫觉得张昊及其女友秋娟人品很好，踏实勤奋，善于钻研，具有进一步发展的潜力，鼓励他们报考研究生，并向他们推荐了西南大学。他们两人都考上了，张昊考到新诗研究所学习中国现当代文学，秋娟则考到文学院学习中国古代文学。因为丛鑫的关系，张昊随我读书的时候，我既是导师，又是"师爷"，关键是，我的老师吕进教授还经常给他们举办讲座，弄得张昊不知道怎么称呼了，于是他创造了一个专用的称呼，把吕老师叫"师尊"。这些是我们开玩笑的时候经常拿出来说起的过往，不过想想也挺有趣。

张昊跟着我学习的是新诗研究。他很勤奋，很踏实，领悟力强。我查了一下，他在攻读硕士学位期间，在报刊上公开发表了诗歌理论、评论文章共13篇，还利用课余时间编写了一本《中华传统节日·灶王节》，由东北师范大学出版社出版。对于一个研究生来说，这算是相当不错的收获了。他的学位论文研究的是网络时代的博客诗歌，收集了大量的第一手资料，切入诗歌现场，揭示诗歌发展的新方向，提出一些很有意义的看法。他在学位论文的后记中说："研一时我有一个小小的愿望'有良师、有益友、有娇妻'，本来是人生一大目标，却不小心——实现。"对于一个年轻的学子来说，这已经不是"小小的愿望"，应该算是大大的收获了。

2013年毕业之后，张昊和秋娟都留在重庆工作。秋娟在北碚担任中学老师，张昊则到了歌乐山的一所军事院校担任文学和写作课教师。大概三年之后，张昊觉得两地奔波实在太辛苦，希望能够有机会到北碚工作。不久之后，他进入西南大学出版社担任编辑，和我成了同事。张昊的文字、文学功底不错，对编辑工作上手很快，策划和编辑了多种文学图书，作者、读者都给予了不错的评价。因为这份工作，他和文学界的联系密切起来，认识了很多作家朋友。

要成为一个好编辑，其实并不容易。还在学术期刊工作的时候，我就在不少场合谈到过编辑的学者化。这不是我提出来的，但我认可。作为编辑，只有自己具有较好的专业功底，才不至于眼高手低，在处理稿件的时候提出的意见和建议才可能让作者心服口服。就像教授写作课的老师，即使把教材读得滚瓜烂熟，理论上讲得一套一套的，但如果自己不能写出几篇像样的文章，学生往往很难从心里佩服你。我建议张昊在做好工作的同时一定要多读书，多练笔，切身感受写作的艰辛，这样才能更好地理解作者，也才能更好地判断稿件的优劣。2017年3月北碚区作家协会换届的时候，张昊被聘为副秘书长，这就更需要他拿出一些令人信服的作品，才能顺利地开展工作。

  张昊是真的把我的建议听进去了。几年来，他以编辑的身份撰写了十多篇图书评论，有理论，有解读，有新意，得到作者、读者的认可。张昊是一个具有爱心并乐于奉献的人。在工作之余，他承担了北碚区作家协会大量的日常工作，收集整理协会资料，联系和服务会员，发布各种通知、信息，起草各种申报、汇报材料，填写各种表格，组织和参与协会的活动，深入基层参加文化服务，撰写宣传文稿，记录和总结协会工作，管理账务……俨然是一个称职的"管家"，受到会员的一致好评。2022年8月下旬的北碚山火期间，张昊看到凶猛的山火不断扩散，而那些过火的地方，很多都留下过他的足迹，因此心急如焚的他主动参与了山火救援，连续几天担任志愿者，在高温酷热中沿着陡峭的山路搬运救灾物资。因为太过劳累，再加上牵挂火灾情况，晚上又加班创作，记录山火救援和一线志愿者事迹，导致连续几个晚上失眠。我反复给他留言，叫他注意休息和调整。山火扑灭之后，经过好长一段时间的休整和调理，吃了好几服中药，他才恢复了正常。不过，从这些事情中，我感觉到，张昊是一个重情重义的人，就连北碚的山水都是他随时牵挂的，容不得它们受到伤害。

北碚是一座具有深厚历史文化底蕴的城市，楼房和山水融合生长，道路和森林牵手延伸，文化、诗意和绿色渗透在城市的每一个角落，非常适合人居，具有相当不错的发展潜力。在我看来，北碚应该算是现代城市发展的典型范例之一。在北碚学习、生活、工作了几十年，我深深地爱上了这个地方，其间有过多次离开的机会，但都被我一一谢绝了。在我的印象中，很多到过北碚的作家、诗人，都以不同的方式留下了对北碚的赞美，使北碚的文化和诗意进一步得到丰富和提升。吕进先生说过"行到北碚必有诗"，他说的其实就是北碚的底蕴和魅力。

来自北方的张昊可能和我的感觉差不多。北碚的历史、文化、山水、绿意都让他感觉到新奇，他更希望亲自去体验，其实这也是一种享受。几年来，他利用周末和假期，和爱人、女儿一起，有时也约上一些好友，走遍了北碚的山山水水。我感觉，他的很多周末如果不是在北碚的某一个景点，就可能是在赶往景点的路上。他去过的有些地方，是我以前不曾关注的，由此也为我提供了一些可供选择的新去处。每到一处，他都会用心观察、体验、感受，记下自己的感想。他还查阅了大量关于北碚的文史资料，现场探访了很多历史、文化景点，试图获得对北碚历史、文化、山水、自然的全面了解和认知。他还善于利用活态资料，但凡在北碚生活时间长，对北碚的历史文化、发展变迁有所了解的长者，只要有机会，他就要亲自去拜访，从他人的具体经历中弥补个人探访、文献资料中存在的缺失，从而形成自己对北碚的全方位感知。我多次见到他在朋友圈晒出了拜访吕进、傅天琳、万启福、王小佳、谭朝春、李少军等长者的信息，也和万龙生、李北兰、吴景娅等和北碚有关的作家保持着密切联系。因为用功，张昊的收获也不小，我经常在一些报刊上读到他写的关于北碚的文章，其中的很多话题是我以前关注不多的，从中受益不小。

我很认可他的这种做法，一方面是做事情有规划，身在北碚，他自然应该熟悉足下的这片土地，感知这片土地的温度、厚度；另一方面，只要认定一件事情有意义，他就会默默地坚持下去。几年下来，他写北碚的散文，居然超过了80篇，从"碚"字的解读开始，写到了北碚的方方面面。汇集在一起，就是这本让人欣喜的《雾里梅花江上烟》。这个题目出自老舍先生的诗《北碚辞岁》，用来概括北碚，非常贴切，"雾""梅花""江""烟"，既写出了北碚的特色，也暗含了一种心情。我不敢说书中的所有作品在艺术上都很优秀，但它们都是出自张昊的真性情，带着热爱和温度。我没有进行过统计，但在我的记忆中，以一本专门的个人散文集写北碚的，除了梁实秋的《雅舍小品》，可能就是张昊的这本了。而且，如果我们细读，梁实秋的《雅舍小品》涉及范围很广，有很多题材、主题不是专属北碚的，而张昊这本散文集全部都是关于北碚的。张昊和北碚已经达成了一种深度的互动，张昊最近几年（也可能包括今后）的创作离不开北碚，而北碚的文化传承、创新也需要张昊这样的有心人。

中国人往往对家乡有着特别的感情,很多作家都创作过关于家乡的诗文。远离家乡的文人思念家乡的作品更是难以统计,有些已经成为长久传唱的名篇。李煜在《浪淘沙》中说"梦里不知身是客,一晌贪欢";王维的《九月九日忆山东兄弟》留下了"独在异乡为异客"的诗句;曹雪芹在《红楼梦》中留下了《好了歌》:"乱哄哄你方唱罢我登场,反认他乡是故乡";现代学者陈寅恪创作过《怀故居》:"松门松菊何年梦,且认他乡作故乡。"刘东父在《桂湖四首(其三)》说:"休将岁暮嗟迟暮,却把他乡作故乡。"顾随的《南乡子·岁暮自青岛赴济南》写道:"常自恨癫狂。错认他乡作故乡。"叶嘉莹在《和诗六章·莫漫挥戈忆鲁阳》中说:"经秋不动思归念,直把他乡作故乡。"这些诗句的产生背景、情感取向各不相同,大多数都是作者因为种种原因而流落他乡,很多时候是被迫离开,甚至无法再返回,于是生出了怀念家乡、感叹人生之情。

现在的情况有所不同。随着交通越来越便捷,家乡与他乡已经不是空间距离问题了,如果要说二者的差异,也主要体现在文化差异、环境差异、生活方式与情感方式的差异等方面。现代人身处他乡更多的是来自自我的选择,而少了很多被迫的因素,人们对家乡的思念、怀想也和过去不同,少了很多无奈之感。因此,他们很容易融入新的环境之中,甚至在情感上、心理上把他乡真正当成了家乡,用心用情去感受,去了解,甚至去书写。张昊笔下的北碚,涉及北碚的山水林泉峡,涉及北碚的历史文化和自然风光,涉及北碚的生活、工作。我从他的文字中感受最多的是他对这片土地的热爱，字里行间流动的，是他希望尽快地成为一个地道的、合格的北碚人的那种情感取向。在张昊书写北碚的作品中，曾经的"他乡"已经成了新的"家乡"，这让他有了两个"家乡"。曾经的旁观者、新来者，成了一座城市的主人，这其实是一件很幸福的事情。我在北碚学习、生活、工作的时间比张昊长很多，但我还是喜欢他的文字，这相当于重新走过一遍曾经走过的路，重新感受北碚的底蕴和潜力，重新唤起关于北碚的记忆与梦想。

我曾经觉得有点遗憾，张昊学了几年新诗研究，但他在创作和研究上最终并没有主要从事和新诗有关的工作。但仔细想想，这种转换其实也很正常，他可能对散文创作更有兴趣，或者说散文更适合他的表达习惯。不过，新诗学习对他的散文写作还是很有帮助的。诗歌的敏锐性、内在性为他发现创作素材提供了支持，诗歌对语言的看重使他的散文语言具有自己独特的风格，尽可能摆脱了过度写实的做法，朴实之中有机智，叙事之中有升华，读完之后总觉得有一种意犹未尽的感觉。这种感觉和他的语言方式有很大关系。

无论是题材、语言、主题还是表达方式，张昊都没有在作品中给我们设置难以进入的障碍，倒是不断映入眼帘的新颖的资料，远行的足迹，跳跃的思绪，独到的感悟，吸引着我们不断阅读下去，有所思，有所感，甚至有所悟。因此，关于这些作品的具体内容，我们就没有必要在这里复述了。大家尽可以翻开书页，慢慢欣赏。如果能够安静地坐在北碚的某一处街头、林中、江岸、湖边、公园，或者喝着咖啡、泡着温泉，捧读这些文字，我们更能够感受到作者的用心用情，感受到北碚的无尽魅力。我相信，每一个热爱北碚的人，都可以在书中找到自己感兴趣的话题，找到自己喜欢的自然或者文化元素。当然，我们也可能会通过自己的切身体会，发现一些未能很好解决的问题——张昊毕竟是一个外来的北碚人——这些问题，恰好是张昊需要在今后的写作中不断修正、弥补、完善的地方。

这不是张昊出版的第一本书，但这是他到目前为止花费心血最多的一本书。作为老师，我要向他表示祝贺，也对他未来的发展充满期待。我又想起了张昊在硕士论文后记中的一句话："终而言之，'有良师、有益友、有娇妻'，是我最大的幸运，但愿能持之以恒、守之良久。"其实，一个人找到一个长久甚至终身的爱好很不容易，比如文学创作，我希望张昊在"有良师、有益友、有娇妻"——现在应该加上有爱女，接下来很快就会再有爱女或者爱子——的同时，将自己的爱好坚持下去，"持之以恒、守之良久"，这种坚持一定会让他拥有更加丰满的人生！

蒋登科

2022 年 12 月 15 日

于重庆之北

目录

序：他乡已然成家乡	1
中流砥柱碚	1
绿带环绕嘉陵江	4
峡砚玲珑沥鼻峡	7
泉水暖暖温塘峡	11
八桥叠翠观音峡	15
白鹭飞舞马鞍溪	19
都市溪谷龙凤溪	22
北碚的街道	25
恐龙漫步的中国西部科学院旧址	29
老"行政中心"庙嘴	33
浓荫遮路梧桐街	36
市井书香图书馆	39
诗情画意看红楼	44
"熊猫诞生地"北碚公园	48
闹市舞台北碚文化馆	51
作孚广场与天奇广场	53
都市盆景多鼠斋	56

警报声声警报台	60
雅舍与月亮田	64
正气萧萧梅花山	70
书声琅琅天生桥	75
虹彩炫目彩虹桥	78
北碚有个大学城	81
风骨铮铮状元碑	85
绿野仙踪金刚碑	87
夜雨寄北温泉寺	90
数帆楼外数风帆	94
巴山夜雨　缙岭云霞	98
三花石与花房子	100
青松明月绍龙观	103
碧水微澜的黛湖	106
白云竹海白云观	109
迦叶道场缙云寺	112
螺音依稀海螺洞	117
金狮带雪狮子峰	120
妙塔高耸香炉峰	123
蝉鸣阵阵西南局旧址	126
澄江口美龄堂	129

层叠瀑布烟湖滩	132
后方的"红色堡垒"——国立复旦大学旧址	135
四野静寂孙寒冰教授之墓	138
潜庐与"夏坝的延安"	141
敬惜字纸文星阁	145
"张飞古道"品"三国"	148
建文遗迹天子寺、天子寨	152
继往开来看歇马	154
乡建记忆晏阳初纪念馆	157
芸香飘飘柑桔研究所	160
都市飞瀑大磨滩	165
恬静幽谧孙科别墅	168
墨香幽幽天台寺	171
生机暗藏同兴老街	174
庙迹依稀童家溪	177
六棱碑佑源古桥	180
生机焕发举人楼	183
汽笛声声北川铁路	186
天府镇与天府煤矿	189
"80年代"文星场	192
金剑迷踪金剑寺	195
飞机滑翔牛角庙	198
偏居一隅夫子庙	201

烽火依稀斗碗寨	204
金剑山寨、天福寨与兔耳寨	207
药香飘飘三圣华佗庙	210
山中龙宫海底沟	213
三胜节孝牌坊	215
高踞嘉陵国民党中央警卫署	217
"川东第一牌坊"滩口节孝牌坊	220
王朴烈士纪念馆	223
三塔辉映塔坪寺	226
小桥流水偏岩古镇	228
野盗汹涌偏岩水	231
禹王庙与武庙	233
蟋蟀声声古戏台	236
奇崛险幽金刀峡	239
金刀闪闪藏刀洞	242
"人间瑶池"胜天湖	245
天渠飞架起虹霓	248
水土不土	251
渡口长生望澄江	254
江上活桥三胜水土车渡	257
后记：此心安处是吾乡	261

中流砥柱碚

谈起碚城，绕不开的就是这一个"碚"字。第六版《现代汉语词典》中对"碚"的解释简略至极："bèi 用于地名，北碚（在重庆）。"运用极少，初见"北碚"二字的人便不免错读。1939 年至 1946 年期间梁实秋先生居住于北碚雅舍，后来他在回忆长文《北碚旧游》一文中说："北碚的碚字，不见经传。本地人读若倍，去声，一般人读若培，平声。其意义大概是指江水中矗立的石头。由北碚沿嘉陵江北去到温泉，如果乘小舟便在中途遇一个险滩，许多大块的石头横阻江心，水流沸涌，其势甚急。石头上有许多洞孔累累如蜂窝，那是多少年来船夫用篙杆撑船戳出来的痕迹……这大概就是北碚得名之由来。"梁实秋先生笔下那"许多大块的石头"所指，就是北碚的标识"碚石"。

晚清文人洪良品在《巴船记程》中说："岩石随水曲折曰碚。"北碚温塘峡上峡口白沙沱有一天然白石独峙江心，巨石偃卧，横亘江心 270 米，形态秀美。北碚人称其为碚石、白鱼石、白银石或者蛤蟆石，亦有人称为"白羊背"或"白羊碚"。碚石首端的几块巨石酷似鳖鱼，很像一群大鳖结队渡江，所以有人称它为"鳖背"，认为"北碚"即由此谐音而得。鳖又称团鱼，由是称之为白鱼石。

碚石本是从岸边马鞍山绵延而来的一道石梁，江岸相连，

1

恰好防风防浪，围成了一个可供泊船的天然码头，很多从嘉陵江到重庆的船只都来这里停靠，逐渐形成了一个繁华的渡口，有了渡口，周围的人气自然慢慢凝聚荟萃，于是就有了场镇。有了场镇，人口迁徙蕃息，再加上卢作孚、卢子英兄弟及北碚人的精心建设，于是就有了中国历史上的第一个事先规划、逐步按计划建设的经济开发区——北碚。更迎来了"碚"字历史上的高光时刻。在"三千名流下北碚"的抗战时期，第一版联合国出版的中国地图仅有三座城市：北京、上海和北碚。可惜那英文版的地图上，只有"BeiBei"而无中文字样。

　　随着碚城日渐繁华，江湾那小小的码头已然泊不住上下嘉陵的航船，1958年为疏通航道，人们炸断石梁，独留下碚石孤立江心，那由石梁围起来的天然码头自然也消失不见，后来上游水坝筑起，航船断绝，帆影无踪，静静流淌的嘉陵江只遗留下"正码头"的地名。

　　涨水时节，孤悬江心的碚石成了人们揣度江水深浅的标识，浊浪滔天，碚石稳稳浮于水浪之上，如巨鳖戏水，自在逍遥。只要江水尚未淹没它的脊背，人们心中总是稳当淡然的，大可扶老携幼"作壁上观"。或者一时水大，碚石隐没江心，亦不必学那杞人担心它会随水遁走。山高水长，不过他日相见。

　　未涨水的日子，尤其是晴好和暖时分，碚石附近就成了红男绿女们相携冶游的绝佳去处，江边这一脉石梁上散布着看水捡石、遛犬放纸鸢的人众。更有健儿中流击水，舒展着浪里白条的英姿，此时此刻江心碚石便成了他们歇脚干衣的绝佳晒台。抬头仰望上游的温塘峡口，草木葱茏，郁郁苍苍，嘉陵江一流碧水波平如镜，环绕着稳踞江心的碚石。蒹葭连绵，几只白鹭轻盈地从水面掠过，迅捷翻飞，直去往对面的千年东阳古镇。下游峰峦耸翠的飞蛾山，依稀可辨的观音峡移目换景，令人神驰。沐浴着小三峡间煦暖的和风，呼吸着两岸渚崖清甜的草木香气，自然心气舒张，那遄飞的逸兴怕是连这中流砥柱的千钧碚石都拽不住了哟。

绿带环绕嘉陵江

渝州两江汇聚，至朝天门处呈现为泾渭分明的奇景，黄浊者为长江，碧清者为嘉陵江，两水相交，如野马分鬃，界限俨然，颇似一天然的"鸳鸯火锅"，更有人指其为鸳鸯火锅的灵感来源，越发成了重庆这座八方荟萃、融会贯通的"火锅之城"的显要标识。重庆航空有限公司的标志便是由一红一蓝的两条"阴阳鱼"组成，象征长江和嘉陵江两江交汇："设计灵感源于中国传统文化八卦图和长江、嘉陵江，标志形似两只手交相紧握，又似两江汇合，意蕴深厚。"

嘉陵江为长江上游支流，因流经陕西省凤县东北海拔2800多米的嘉陵谷而得名。一说来源于《水经注》："汉水南入嘉陵道而为嘉陵水。"而"嘉陵"二字的由来，又有嘉陵谷炎帝陵、甘肃天水市秦州区南古嶓冢山和礼县秦陵的说法。嘉陵江发源于秦岭北麓的陕西省凤县代王山。干流流经陕西省、甘肃省、四川省、重庆市，在重庆境内，嘉陵江古称"渝水"，所以重庆又简称"渝"。嘉陵江流经合川区，汇入渠江、涪江（河口在重庆境），经渝北区、江北区，在渝中区的朝天门汇入长江，其主要支流有：八渡河、西汉水、白龙江、渠江、涪江等。嘉陵江全长 1345 千米，干流流域面积 3.92 万平方千米，流域面积 16 万平方千米，是长江支流中流域面积最大，长度仅次于雅砻江，流量仅次于岷江的大河。

碚城域内的嘉陵江从西北向东南横流而过，属于嘉陵江下游，北碚段长45.1千米，支流有璧北河、黑水滩河、龙凤溪、马鞍溪、明家溪等。最高洪水位214米，最低枯水位176.61米。北碚段的嘉陵江曲折秀美，其小三峡沥鼻峡、温塘峡、观音峡更是冠绝众多山峡。尤其是缙云山段的温塘峡，因峡口岩腰之中的三股温泉得名，《舆地纪胜》云："上有温泉，自悬崖下涌出，四时沸腾如汤。"峡谷幽深，江水清澈碧绿，如一缕袖带环绕着碚城的老城区。嘉陵江本是长江水系含沙最大的支流，之所以形成朝天门那泾渭分明、野马分鬃的奇景，据说就是因为嘉陵江于北碚段涵养够了丰沛的水土，那碧绿澄澈的江水分明是由苍翠欲滴、草木葱郁的缙云山映照而来。

古时，蜀人出川，除陆路外，嘉陵江是唯一的水路，历来帆影如织，题咏者众。于北碚而言，自陈子昂《入东阳峡与李明府舟前后不相及》、李白《巴女词》而下，杜甫、司空图、李商隐、陆游、刘道开、王尔鉴等皆在这嘉陵江小三峡上留下了动人诗篇。这秀美的山光水色，更引得画圣吴道子一日画就《嘉陵江三百里风光图》，成为中国绘画史上一段经典传奇。

1928年3月4日，卢作孚改组《学生周刊》，创办了《嘉陵江报》，刊载省内外现代的国防、交通、产业、文化和嘉陵江三峡各项事业的消息。他在创刊号上以"努力的同人"的名义写了《介绍〈嘉陵江〉》一文，作为发刊词。文中写道："嘉陵江是经过我们这块地方的一条大河，我介绍的却是一个小朋友，两天出版一次的一个小报。我们希望这个小报传播出去，同嘉陵江那条河流一样广大，至少流到太平洋。并且嘉陵江的命有好长，这个报的生命也有好长。所以竟把这个小报也叫为《嘉陵江（报）》。"

1939年春末，端木蕻良在北碚夏坝的复旦大学教书。他同妻子萧红每天傍晚沿着嘉陵江畔散步，缓缓流淌的悠悠江水勾起了他的思乡之情，使他想起了东北家乡的乌苏里江，更回想起《松花江上》，遂提笔写下了名诗《嘉陵江上》："那一天，敌人打到了我的村庄，我便失去了我的田舍、家人和牛羊……"后来，端木蕻良的同学，河北诗人方殷将其送去草街子古圣寺育才学校，交给著名作曲家贺绿汀，请他为《嘉陵江上》谱曲。贺绿汀将它谱写成一首独唱曲，强化了诗歌的战斗力、感召力。一经传唱，这首歌很快流行开来，成为一首为大众熟知的抗日救亡歌曲。"诗中那质朴的语言、亲切的意象、对家乡无限的怀念，使每一个吟唱者都深受感染；加上所谱之曲，深沉婉转，抒情殷切，散发出巨大的艺术感染力。"

每日饮着嘉陵江中的清甜江水，碚城人对嘉陵江的感情是深厚的，以之冠名者众，至今仍有"嘉陵之声"的电波响彻。而今的嘉陵江上帆影虽稀，那清洌江水所诞育的故事却如江中鱼鳖，日渐繁多，更惹出多少秀丽诗篇。

峡砚玲珑沥鼻峡

蜿蜒曲折的嘉陵江上山峡众多，中上游的广元境内即有青峰峡、明月峡等名峡，但是最秀美的还属由沥鼻峡、温塘峡、观音峡所组成的嘉陵江小三峡。小三峡以北碚为中心，范围为北起合川区盐井镇，南起观音峡出口牛屎沱，沿嘉陵江两岸各约一公里宽，全长 27 公里。峡中江流湍急，水深莫测，峡岸群峰高耸，峻峭幽深，风光绮丽，1990 年被评为国家级风景区。

沥鼻峡为嘉陵江小三峡的起首，古名谢女峡，又称牛鼻峡、铜口峡，系江流切割沥鼻山而成。其得名源于岩壁上的两个怪洞，这两个并排石洞相距不远，酷似牛的鼻孔，洞中终年流水不息，淅淅沥沥，飘飘洒洒，直泻入嘉陵江中。峡中以牛名之的地方不少，有牯牛石、牛脑壳、牛鼻梁、牛屁股等。沥鼻峡大部分位于重庆市合川区，小部分在北碚区，全长三公里。入峡江水咆哮奔腾，漩涡迭生，气势磅礴，水深莫测，峡岸悬崖挺立，如刀凿斧削，最窄处相距不过 200 米。峡中石滩较多，怪石嶙峋，有巨梁滩、狮子坟、笑和尚、牛鼻洞、猴子石、磨子沱等景致。

沥鼻峡上游龙洞沱外的江面上有一矗立在江心的巨石，分为两块，相与枕藉，枯水时露出江面十多米，像是供仙女梳妆的天然镜台，故有人称为"石镜石"，又称为"照镜石"。

西魏恭帝三年（556年）时以宕渠县改名为石镜县，北宋乾德三年（965年），因宋朝开国皇帝赵匡胤的爷爷名为赵敬，"敬"与"镜"音相同，为避其名讳，石镜县被改名为石照县，皆源于此。《元和郡县图志》卷三十三记载合州石镜县："石似镜，因以为名。"史载，照镜石上镌刻有唐代宗大历三年（768年）诗人王铤题记"涪内水石镜题名，大历三年，此石出，兵甲息，黎庶归，六气调，五谷熟，刺史兼侍御史王铤记"等。虽岁月消磨，风化严重，文字多数已经难辨，但2006年夏重庆市文物考古所在查勘时仍可看出其字幅为直书逆排，楷体，高0.55米，宽0.9米，并可见"大宋治平元年（1064年）三月一日记"的字迹。

南宋诗人阳枋，字正父，原名昌朝，字宗骥，合州巴川（今重庆铜梁东南）人。居字溪小龙潭之上，因号字溪。他早年从朱熹门人度正、暖渊游，学者称大阳先生，曾主教涪陵北岩书院，士子信从者众。阳枋写有《沥鼻峡》一诗：

双穴流清泉，古来名有自。
至今存一息，呼吸窍万类。
山以泉为津，石以穴为鼻。
无形本圹天，有质著平地。

清乾隆年间贡生、合州诗人刘泰山有《出峡》一诗：

盘涡三月水涟漪，峡口风烟去渐移。

>深洞泉如流石髓，小船人是坐瓜皮。
>簸摇天地欣开豁，迅速沙滩俨载驰。
>倚岸斜阳满村店，转同酤酒望隆巇。

清代诗人、华銮山伏虎寺住持释昌言有《牛鼻峡》诗：

>汹山一水牿，变相眠江头。
>全身不可见，鼻观溇不休。
>等闲牵不得，呼牛且应牛。

沥鼻峡中物产颇多，有煤，有石灰石，而最出名的则是号称西南第一砚的峡砚。峡砚被誉为"巴渝三大名砚"之首（另两砚为金音石砚和夔砚），又称为墨玉宝砚、草街嘉陵峡砚等。沥鼻峡两岸均产细青石，分别是江北岸的石坑口在麻柳坪一侧峡中和江南岸的石坑口在炭坝一侧峡中。麻柳坪的石质细腻无杂质，琢砚为佳，炭坝的石质带油晕，则次之。当时有民谚："上峡砚石下峡灰，中峡的磨儿经得推。"峡砚雕刻技艺始于宋代，盛于清代，历史悠久。早在明代，嘉陵峡砚就享有盛名，明代合州人吏部尚书李实用曾题诗赞峡砚：

>峡畔茅屋僻，巧工凿石盘；
>启墨龙云舞，运笔虎榜悬。
>石腻堪如玉，工艺圣手传；
>贵似翰家客，四宝居一员。

北泉石砚，也叫北泉砚、北温泉砚、重庆砚，为峡砚之一种。因其20世纪30年代出产于北碚北温泉公园而得名。1938年，北温泉公园聘请石柱籍著名石雕技师马泽沛制作北泉石砚销售，其采用的石材即来源于沥鼻峡。1938年初夏的一天，林森从北温泉公园沐浴后在回住所途中路过"数帆楼"，碰见民间治砚高手王家发正在雕刻北泉石砚，他来了兴致，便上前与其攀谈，询问北泉石砚的开采历史和石砚的销售情况。当他听王家发介绍北泉石砚在冬天呵气即能研墨时，感叹道：想不到北泉石砚竟如此之妙！随后，他叫王家发拿来笔墨和宣纸，沉思片刻，为北泉石砚题写了"前言可法"四个大字。而北泉石砚也因林森、于右任、冯玉祥等人的题词刻字而广为畅销，极受文人雅士和书画家的青睐，很快声名大振，于是乎在抗战时期被评为"中国十大名砚"之一，从而跻身名砚行列。

北泉石砚具有石质细腻，色泽淡雅，磨墨快速，不损笔锋，砚中蓄水数日不干，储墨不腐，石料年久不风化的特点。1949年之后，北碚区成立了一家专业生产北泉石砚的工厂——重庆石雕工艺厂，该厂推出的多系列北泉石砚，远销日本和东南亚各国，深受外宾和华侨青睐，被视为收藏佳品。2007年9月嘉陵峡砚被列入重庆市第一批非物质文化遗产名录，2012年12月被评为"重庆非购不可十大礼品"。

而今的沥鼻峡，因下游草街航电枢纽蓄水库水位上升，水流变缓，江面加宽，那些险滩、奇石多与鱼鳖为伍，连那对神奇的"牛鼻孔"和鼻孔中常年不绝的飞泉也被淹没，成了人们久久不能忘怀的回忆。

泉水暖暖温塘峡

温塘峡又称温泉峡、温汤峡,属嘉陵江小三峡中段,其景色秀丽为小三峡之冠,系江流切割温塘山而成,因峡中有三股温泉而得名。温泉对岸,峡岸有一山溪泻落,形成两岩对峙的地貌,俗称二岩。因此,温塘峡又被称为二岩峡。温塘峡从上峡口马家沱到下峡口大沱口,全长2.7公里。峡谷幽深,江水清澈。

《舆地纪胜》云:"上有温泉,自悬崖下涌出,四时沸腾如汤。"清道光《江北厅志》云:"厅东北一百四十里。两岸悬崖陡壁,高峻凌云。上游小溪有虎跳溪、飞龙滩、象鼻咀、立马石、倒石溪等溪水聚合于两岔河至温塘峡入大洪江。峡口有温泉三:一在溪岸,二在碛中。两岸多石洞,遇有寇警,俱可避兵。其最大者如棕竹硐、朝阳硐、大柱硐、田家硐、杨家硐、灯笼硐、火龙硐、吊洞子,俱可容千余人,是皆天地生成,可为一方之保障者。近峡两岸。茂林密箐,处处猿啼,风景绝佳。"《重庆府志》云:"温汤峡,府西北一百二十里,峡长五里许,两岸幽深秀削,古松虬蟠,每岁月朗风来,松韵与泉声互答,泠泠然直泛江波。里人鲜与尚有'云生石壁凝风雨,泉落松门咽峡风'佳句。"

温塘峡中有温泉、溶洞多处。两岸山岩对峙,岩壁陡峭,多在50~80度,有的近似垂直。山峰高达600~800米。峡谷紧窄，宽度仅150~250米，最窄处仅110米。峡中平均水深30米，江流湍急。北岸为西山坪，岩壁挺立，如刀砍斧削；南岸为缙云山脉，林木蓊郁，高耸入云。峡岩之腰，泉如汤涌，云根窦生，秀丽迷人，今为重庆市自然风景保护区。

乾隆二十五年（1760年）滨州人王采珍任合州知州时，曾夜过嘉陵江小三峡，听两岸崖壁飞瀑留响，思周公之贤，留诗一首《夜过温汤峡听瀑布》：

　　　　泉飞一丈瀑，月载一舟行。
　　　　岂有蛟龙窟，而来风雨声。
　　　　泠泠醒客耳，脉脉动吟情，
　　　　缅怀濂溪子，新诗许载赓。

重庆人将回水湾称为"沱"，所谓回水，就是沱里的水流方向与河流的水流方向是相反的，水在沱里打着转转。沱湾中不仅水流相对缓慢，而且水深，适宜鱼类繁殖。由于与主流相隔，不再受江流侵蚀，因而其沱湾岸边也更适宜人类居住。沱湾中又适宜停船，往往形成码头，因码头又往往形成街道，于是留下了众多与"沱"有关的地名。

温塘峡中水沱众多，上峡口有两个水沱，北岸为白沙沱，南岸为马家沱。下峡口有大沱口。白沙沱口有一排银灰色怪石，屹立岸边，嘉陵江水丰时隐于水中，水枯时露真容，远望像一群白羊，于是又名白羊碚、白羊背。大沱口则沱宽、水大，出峡水流如野马奔腾，因水底暗礁密布而漩涡众多。

在大沱口南岸不远处的水中,有一章石形状的巨石,突兀高耸,人称钓鱼石。相传当年轩辕黄帝在缙云山香炉峰炼丹合药时,曾到钓鱼石处钓鱼,钓得了一条重达千斤的江团。

温塘峡口狭窄,出得温塘峡,嘉陵江江面顿时宽阔,令人有豁然开朗之感,从航拍的照片来看,此处宛若一宝葫芦口,睹此风景,使人心气开张,胸臆大舒。温塘峡既然以温塘为名,观赏其风景最佳处自然就在北温泉。北温泉筑有温泉寺,自南朝刘宋景平元年(423年)开山筑寺,1927年,卢作孚先生募款建成嘉陵江温泉公园。北温泉中名楼众多,最出名的当属周恩来、邓颖超、冯玉祥、陶行知、蒋介石、林森、黄炎培、郭沫若等近代名人多次下榻的数帆楼,此楼即因于此可看温塘峡口点点白帆而得名。所留题咏更是如江上白帆,数不胜数。

1942年,黄炎培偕新婚夫人姚维钧从歌乐山乘车游览北温泉,行至北碚弃车驾舟,漫游嘉陵江。他陶醉于温塘峡的美景,于是赋诗一首《温泉峡》:

深江峡束奔流注,幻作琉璃碧凝沍。
青山恹恹云醉之,破晓初醒还睡去。
山楼百丈临江开,绛桃玉兰锦绣堆。
佛殿铁瓦青崖巍,琴庐磬室相依偎。
藤根泉瀑若泼醅,我身既澡心绝埃。
善与众乐诚快哉,拖云一枕客梦回。
江声泉声并喧涿,千军万骑疑敌来。

与子同仇宁徘徊,桿讴上濑凄以哀。
如诉民隐心为摧,何处星歌沸遥夕。
云外楼台自金碧,嘉陵江上神仙宅。

八桥叠翠观音峡

嘉陵江小三峡的最末一段为观音峡,观音峡是中梁山脉被嘉陵江冲刷侵蚀形成的峡谷,最窄处江宽仅140米左右,位于北碚老城区东南方向,西北起自朝阳桥,东南止于施家梁,全长约四公里。观音峡又名文笔峡,因峡口文笔沱岸边有巨石屹立,形如笏板,俗称文笔石。据《江北厅志》记载,"观音峡在厅西北九十里,两岸石壁万仞,沿江怪石嶙峋,水涨过石,舟不敢行。蜀汉时凿有匾路,险若栈道,大水则登岸由匾路出峡……清道光十六年(1836年),合川陈大犹等捐金数万,沿岸开凿三峡大道。"观音峡悬崖高处旧有古庙,名观音阁。《江北厅志》曰:"观音阁、观音峡旁,岩隈作庙,上架危楼三层,上抵石岩,凭栏俯视,风樯之帆过眼迷离,此观音峡第一胜景也。"观音峡即以此阁得名。

观音峡上峡口有毛背沱,下峡口北岸有江家沱,南岸有牛屎沱。峡中地质构造复杂,地层种类极为丰富,被誉为"天然地质标本陈列室"。观音峡的山势,具有"一山两槽三岭"的特点,峡峰高500~700米,山中洞穴众多,南北两岸有数道飞瀑。最著名的两道,一是三分水瀑布,洞口离江岩十余米,三股泉水从洞中飞流入江,溅玉飞雪,终年响彻峡江;二是革家岩瀑布,革家岩高耸入云,每逢雨大时,一道山泉从岩顶飞泻而下,如白龙入江,气势非凡。

观音峡是嘉陵江小三峡中最长也最险峻的一个峡，静水流深，明暗礁交错，水流湍急，"出峡清波宛似龙"。峡北岸中部有白庙子，是抗战时期大后方最大的煤港，也是北川铁路卸煤装船的煤港，当年这里能吞吐近2000吨煤炭等物资，江面泊船300余只。如今，随着天府煤矿的衰竭，白庙子帆影无存，唯剩下北川铁路和那长长梭煤槽的遗迹。

观音峡素为要冲，水路繁忙，陆路也同样热闹。峡北岸有张飞古道，传说为当年张飞北上阆中时所凿，道路狭窄，险如栈道，又称为蜀汉偪路，偪路穿峡而过，直通温塘峡，现在观音峡中还留有张飞与军卒埋锅造饭的张飞洞。观音峡南岸为S542省道（即原国道212线），有三个公路隧洞，俗称"一穿洞""二穿洞""三穿洞"，三个隧洞不长，彼此相隔不远，都是穿巨岩而过。距三个隧洞不远，有一块悬空于公路之上的巨石，从岩壁悬向公路中心，形状酷似老鹰嘴或老虎嘴。它本是鸡公山上的一块巨岩，在中华人民共和国成立初期修建公路时，本计划将其炸掉，可苏联专家经过计算，认为如果炸掉这块大岩石，会引起整个山崖的崩垮，老虎嘴因此得以保存下来，成为观音峡这段公路上一道突出的风景。老虎嘴之下还有一天然石洞，恰如老虎之喉咙，与凸出的虎嘴石搭配，浑然天成。让人感叹造化之神奇。乘车路过的人，转过山崖，骤见一危岩压顶欲倾，不免心颤惊呼。

观音峡现建有观音峡森林公园，地处为四川台—川东南坳褶带—重庆弧—华蓥山复式背斜主支观音峡背斜南段。园区总面积1615公顷，由分布于嘉陵江观音峡两岸的张飞岭、鸡公岭和凤凰岭等三个景区组成，现有自然景点十个、人文景点十一个，1992年被批准建立省级森林公园。这么多的风光景点若是一一细说下来，恐怕几十页纸也写不完，只说观音峡上最出名的"八桥叠翠"。

　　2019年5月，由重庆市邮政公司印制发行的《五桥叠翠》邮资明信片在北碚区首发，同时启用"五桥叠翠"风景日戳。这"五桥叠翠"的景观就位于嘉陵江观音峡段，图案由北碚知名摄影人陈远鸿拍摄——蓝天白云下，嘉陵碧波与苍翠群山交相辉映，在不足一公里的峡谷中，横跨嘉陵江的五座大桥形成了五桥"叠翠"的美丽景观。明信片画面中由近及远分别是新朝阳桥、老朝阳桥、襄渝铁路二线北碚嘉陵江大桥、襄渝铁路北碚嘉陵江钢梁桥、兰渝铁路北碚嘉陵江大桥和遂渝铁路北碚嘉陵江大桥双子桥，有人较真，把那座双子桥分开计算，所以又称为"六桥叠翠"。其中，朝阳桥于1969年建成，享有"亚洲第一吊桥"的美誉，2007年12月13日停用，2011年建成的朝阳复建桥，成为老朝阳桥的"接班人"；2015年通车的兰渝铁路桥是八桥中最新的一座，也是中欧班列（重庆）经过的节点。

　　重庆向来称为"桥都"，2005年因桥梁数量多、桥梁规模大、桥梁技术水平高、桥梁多样化、桥梁影响力强，被茅以升桥梁委员会认定为中国唯一的"桥都"，2018年12月14日，在重庆市桥梁协会和重庆交通大学共同举办的"2018桥梁文化论坛·重庆"活动上，亮出了重庆桥梁建设的"家底"：截至目前，重庆已建和在建桥梁超过1.4万座。但是在观音峡上如此短的距离内，密集着如此之多的桥梁依然少见。北碚号称"渝州八景再添一景"的"八桥叠翠"，就是在双子桥分开计算的基础上再加上碚东（阳）大桥、渝武高速公路嘉陵江大桥，如此八座桥密集在小三峡五公里的范围之内，的确算得上"渝州第九景"。2019年渝武高速公路扩能项目（北碚至合川段）计划在观音峡老窑湾处设置特大桥，如果建成的话，观音峡上就成了名副其实的"六桥叠翠"，如果再加上预计于2021年建成的水土嘉陵江大桥、蔡家嘉陵江大桥，那日新月异的北碚将来就是"十桥叠翠"喽。

北碚八桥　国画　68 cm×45 cm

白鹭飞舞马鞍溪

初识马鞍溪,缘于一场事故。几年前,一位同学得了肾结石,要做手术,他家远在贵州,家里人一时赶不过来,于是住院、手术等等一系列事宜,都由"大师兄"领着我们这一帮师弟师妹帮忙料理。事毕之后,大师兄请我们聚餐,一行人在夕阳斜照的校园里缓缓漫步,于外国语学院的新大楼那里翻过一个小荒坡,再一路向下,眼前忽然出现了一个极幽静雅致的小院。当时一阵惊讶,没料到在热闹的校园背后居然藏着这么一处好地方。

这个"农家乐"是大师兄的一个老师开的,老两口都曾在学校工作,当时已经退休,做饭、收拾等事务都是他们两口子和七八十岁的婆婆一起来做,自然是非常干净、家常。当天晚上的"顾客"只有我们一伙人,吃厌了学校食堂的我们,好不容易吃到干干净净的家常菜,"久别重逢"之际,自然是大快朵颐,虽说不上"风卷残云",也的确非常尽兴。

"诗情酒兴渐阑珊",兴尽之余,心思缥缈,抬头只见几颗疏星朗照,四野寂寥,呼吸着山野间清新的空气,眼望对面一众灯火辉煌的高楼,小院如悬空般挂在半山,真让人恍惚不似人间。

酒足饭饱,挥手作别,我们反身回到人流熙攘的校园,老师三人却转身向下,我正奇怪,大师兄说他们家正在对面那一片灯火之中，他们这样走过马鞍溪就是抄近路。等我们即将翻过山坡，回头再望，只见几个手电筒的光点一路摇晃，渐渐消失在茂密的林间，又渐渐融入了那一片辉煌的灯火，便晓得他们是到家了，这便是我对马鞍溪的初印象。

从此，我们也就发现了一条从繁华到繁华的捷径，后来多少次从这条路跨过马鞍溪去对面的好吃街吃饭。毕业之际安家，家也就在马鞍溪的对面，再后来，也就开始从好吃街跨过马鞍溪，走到学校里面去工作。这一路，慢慢缓行，饱览溪中的景致，大概只需要二十多分钟就能走到热闹的校园里面。路上经常碰到不少熟面孔，看来大家都认为走这一路不失为锻炼的一个好时机。

周末的时候，马鞍溪是周围一众居民休闲的绝佳去处。马鞍溪不长，从上游的龙滩子水库一路向下，大约七八公里，可一路走到文星湾大桥下，直走到嘉陵江边。马鞍溪不宽，只是一条浅浅的小溪沟，隔着那一湾浅浅的小河，对面的橘园、梅园等西南大学的一众学生宿舍"如在眼前"，恍惚好吃街上的一片居民楼也似乎成了西大的范围，俨然成了西大这个"都市后花园"的后花园。

马鞍溪地势和缓，植被茂密，水中虾蟹不少，行走溪边，常见有钓鱼、抓小龙虾的人，嘉陵江涨水的时候，上游流下来的江水一路倒灌上来，灌满马鞍溪，或者连夜淫雨霏霏，溪水涨满的时候，鱼蟹更多。

现在，依托马鞍溪，已经建成了马鞍溪湿地公园，其起于龙滩子水库，止于嘉陵江，总占地面积约1100亩，总长约

4公里，总投资约 1.2 亿元。

　　改造之后的马鞍溪更成了碚城居民休闲娱乐的重要场所，溪边环境清幽，水生植物茂盛，湿地特征明显。据说白鹭是环境好的重要标志物，小区前的公园内偶尔得见，后来才发现原来在马鞍溪的岸边湿地里有数个白鹭的小窝子，那里的白鹭悠游从容，殊不避人。

　　然而，虽然我后来又多少次从马鞍溪走过，却再也没有遇到当年那个极幽静的小院，似乎当年那个清凉的夏夜，不过是一场玄远的幻梦而已。

都市溪谷龙凤溪

初识龙凤溪，大部分源于轨道交通 6 号线的一站"龙凤溪站"，这是进入北碚传统城区的第一站，与"状元碑"，曾经的"天生"这类"状元碑上没有碑""天生桥上没有桥"等"有名无实"的站点有所不同的是，龙凤溪站名副其实，真的有一条龙凤溪。

龙凤溪属于梁滩河的一部分，梁滩河全长 80 多公里，自重庆九龙坡区廖家沟水库逶迤而来，常年川流不息地游走在缙云山脉和中梁山脉之间，流经九龙坡、沙坪坝、北碚三区十余个集镇，最后在北碚毛背沱汇入嘉陵江。龙凤溪主要指自毛背沱入江口上溯至歇马镇天马村的磨滩瀑布的这一段。《北碚志》（1989 年版）关于龙凤溪的文字记载简扼："位于中梁山与缙云山之间，有东、西两源，东源为梁滩河，源出巴县福寿场；西源名虎溪河，起于巴县走马场高岗岭，至双河口两溪汇合，流经北碚，长约 18 公里，蜿蜒于龙岗与凤山嘴之间，故名龙凤溪。龙凤溪自大磨滩流出，两岸低丘起伏，平畴交错，蜿蜒曲折，溪水清澈。沿岸水竹茂密，古篁成林。山光水色，风景秀丽。两岸山岩呈锯齿状，宛如十里城墙，别具风韵。20 世纪 50 年代，在龙凤桥和长滩修筑了两级石坝，溪中曾置有游艇数十艘，供人畅游。"

梁滩河与龙凤溪的分界为大磨滩瀑布，瀑岩之上的溪河叫梁滩河，瀑岩之下则称龙凤溪。溪水从高坑岩溪潭流出，沿途经过小坑、红石桥、黑沱，流入长滩东纳入冷水沟之后，河道迂回，经过鱼溅滩、牛尾沱、浅磴、礁窝沱、白洁滩、长坝嘴、老鲤滩、龙凤桥，最后流到毛背沱，汇入嘉陵江。北碚境内汇入嘉陵江的溪河众多，龙凤溪、壁北河、明家溪、马鞍溪、黑水滩河、后河……不下二十多条，龙凤溪的流量排在第一位。

龙凤溪蜿蜒曲折，跌下大磨滩瀑布之后水势平坦，一路缓缓下流，两岸田土、菜畦、果林、农舍星罗棋布，溪两岸相距不远，大多不足百米，水滨绿色弥漫，水竹、麻柳、慈竹、硬头黄竹、凤尾竹……杂草丛生，人迹罕至，长成绿毯一样的一片草甸。每逢嘉陵江水大，龙凤溪极易遭受倒灌，上游的滚滚黄水常常一路漫延上来，淹没一大片田土。这使得龙凤溪湿地特征明显，既然是湿地，龙凤溪上便每每有雾，那缥缈的云气顺着河道升腾、晕染开去逐渐淹没两岸的楼宇，有时更和溪谷中那些农家小院的炊烟混合起来，使人如梦如幻，如痴如醉。

也托了倒灌的嘉陵江水，龙凤溪里的鱼类甚众，上游的大磨滩瀑布曾号称"鱼柜子"，团鱼成群，下游的江鱼溯流而上，鲤鱼、鲫鱼、鲶鱼、黄腊丁……至今两岸也常见渔人的钓竿。龙凤溪水草繁盛，浓荫蔽日，正好成了鸟儿休养生息的天堂，不时白鹭飞舞，蛙声阵阵，蝉鸣不绝，引人遐思。

龙凤溪上原有一座老龙凤桥，建于清同治九年（1870年），1979年7月垮塌。1979年9月，在距垮桥上游一两百米远处竣工落成一座新桥，这是座战备桥，比老桥长而结实，至今依然在使用，仍名龙凤桥，也是碚城中的重要街景地标。

曾经"避世隐居"的龙凤溪，如今不唯鸡犬之声相闻，两岸早已是高楼林立，近两三年来更新建了许多富丽的新盘，俨然成了秀美的都市溪谷。曾经的龙凤溪因两岸工厂众多，污染严重，以至于连那溪中钓起的鱼儿都有"一股机油味"。近年来，随着种种河水整治工程的实施，溪水已逐渐由浊变清。2020年五一节期间，梁滩河流域生态综合治理项目（一期）的重点工程之一的大磨滩湿地公园建成开放。园内包含一脉三段四景。一脉即龙凤溪生态绿脉，利用现有的山地小路，打通串联龙凤溪两岸的生态步道系统；三段包含城市溪谷段、自然山水段和田园风光段，结合龙凤溪沿岸不同生态，打造各具特色的观光带；四景分别是以龙凤溪公园为主要内容的时代画廊、以河流湿地为主要内容的九曲连湾、以磨滩湿地公园为主要内容的高滩飞雪和以晏阳初故居和柑桔研究所为主要内容的活力原乡。如此一来，龙凤溪这条与人们咫尺之遥的都市溪谷，更成了人们闲暇游览的好去处。

卢作孚先生多年前规划北碚时曾祝愿北碚处处"皆清洁、皆美丽、皆有秩序、皆可居住、皆可游览"，如此看来，此梦不远矣。

北碚的街道

初来北碚的人，行走于北碚老城的街头，总能看到一串串熟悉的地名。譬如：辽宁路、吉林路、黑龙江路、卢沟桥路，接着其他路也陆续被改为天津路、北平路、南京路等等，颇具特色。

这些街道名，源于北碚成为抗战时的"小陪都"期间。

在北碚的城建史里，卢作孚与抗战是两个非常重要的关键词，抗战全面爆发前，卢作孚的乡村文化建设已经成效显著。1936年春，经四川省政府批准，成立了"嘉陵江小三峡乡村建设实验区"并设立实验区署，为国民政府一等县的行政区。北碚的乡村建设文化，在全国首屈一指。陶行知先生曾赞誉北碚是"建设新中国的缩影"。

1937年"七七事变"后，抗日战争全面爆发。10月30日，国民政府决定西迁重庆。12月1日，国民政府开始在重庆办公，重庆成为战时首都，北碚被划为迁建区。大批的中央机关、团体、工矿企业，以及科学、文化与卫生单位等涌入北碚，至1939年达到高潮。1940年3月，实验区署与迁驻北碚的国民政府主计处统计局合作，对区署所辖地区内的人口进行普查，据资料记载，有人口97349人，比1936年增长32056人，增长率为49%。平均每2个北碚人，就要接待与安置一名迁入人员。其中1939年1月至1940年3月的15个月中，就净增了30106人。这还不包括当时不属于实验区署管辖范围的歇马与蔡家等地区。

抗战期间，迁进北碚及其附近乡镇的单位多达200多个，在北碚场中心不到2000平方米内，即有50多个，其中还不包括数十处名人旧居。迁来的这些单位，有国民政府部级以上单位13个、下属局处级单位30余个。诸如国民政府司法院、立法院、司法行政部、最高法院、行政法院、最高法院检察署、行政院非常时期战地服务团、国民大会代表选举总事务所等。国民党中央机构有中央公务员惩戒委员会、中央组织部、海外联络部、中央军委战地党政委员会、中央革命勋绩审查委员会等。迁驻北碚的国家科研机构22所，如国立中央研究院动物研究所、植物研究所、物理研究所、心理研究所、气象研究所以及中国地理研究所、地质调查所、中央农业实验所、中央工业实验所、中国科学社生物研究所、军政部陆军制药研究所等。教育机构及大专院校20多个，如国立复旦大学、国立江苏医学院、私立中国乡村建设学院、国立歌剧学校、国立戏剧专科学校、国立国术体育专科学校、军令部中央测量学校、军令部中央军需学校等。文化新闻机构30余家，其中有中华全国文艺界抗敌协会、中山文化教育馆、国立编译馆、国立礼乐馆、中国辞典馆、中华教育电影制片厂、正中书局总管理处、中苏文化杂志社、文史杂志社、中国史地图书编纂社、通俗读物编刊社等等。

抗战为碚城的发展创造了新的契机，遗留下了丰富的文化遗产，说碚城是抗战文化的一座宝库也不为过。碚城人同样也为抗战做出了巨大的贡献与牺牲。1939年春，人民教育家陶行知来北碚，创办晓庄研究所研究兵役宣传，同卢子英联手，在北碚开展"志愿兵运动"。一时间，"妻子送郎上战场，母亲送儿打东洋"的场面，在北碚城乡比比皆是。不到半年，就有470名志愿兵出征。5月13日，实验区署在民众体育场举办了在碚机关、团体各单位宴请出征志愿兵及其家属的盛大公宴，共150桌，1200人入席站立而食。体育场四周挂满各方馈赠的锦旗、横幅，上面书有"国民表率""蜀民前驱""忠勇可风""精忠报国""歼灭敌寇""还我河山""收复山河"等标语口号。抗战时期，北碚出征3000余人，没有一人是抓壮丁去的，都是自愿从军，这在当时的国统区是独有的。

"小陪都"有一个创举，即每沦陷一个省、市，就以这个省、市的名字，替换一条原有的街名。早在"九一八"事变时，东三省沦陷，卢作孚为了让人们牢记日寇侵华的罪行，不忘国耻，立马将清合路改为辽宁路，把西山路改为吉林路，歇马路改为黑龙江路。"七七"事变的消息一传来，卢子英就将东山路改为卢沟桥路，接着其他路也陆续被改为天津路、北平路、南京路等等。19条街巷有15条是用沦陷区之名来命的名，人们一走到街上，就知道日寇侵占了中国哪些地方，逃难来此的人们看到这些街名，就想到自己的家乡，从而激发起收复失地的决心与勇气。

时至今日，这些地名也多有保留，成为北碚地名中独特而有内涵的一面。用街名这个特殊形式让北碚人不忘国耻，铭记日寇侵略者的滔天罪行，警示着人们世世代代不忘国耻，奋发图强，坚持抗战。即使在战后，也不要忘记这段历史，时刻记住振兴中华。

恐龙漫步的中国西部科学院旧址

蒋登科先生曾经写过一组《夏日诗章（四首）》，其中有一首《在北碚散步》：

不就是傍晚出去沿着街巷漫步吗？
在这座叫北碚的江边小城，
嘉陵江在身旁，缙云山在远处。
但是，每一寸土地都有故事，
每一棵树木都经历了岁月的风霜，
感觉每一步都踩在历史上，
从科学到军事，从实业到艺术，从休闲到文学……
从文星湾，经过中山路，一直到水岚垭，历史的巷道好长！
靠近文学的时候，光线已然黯淡，
凑得很近也难辨分明。

诗中所描述的，恰是游览北碚抗战文化的一条重要路线，从文星湾桥头开始，一路经过中国西部科学院旧址、峡防局旧址、红楼、北碚公园、四世同堂纪念馆等然后回到文星湾。"过其门而不入"，一路缓行的话，大概只需半小时。在这一条路线里有三处全国重点文物保护单位、一处重庆市文物保护单位，这是北碚文化景点最集中的路线，碚石、庙嘴、"梧桐街"等北碚文化精髓的代表也都在此处，是短时间内饱览北碚文化的绝佳路线。而这一路上的景观也都同卢作孚先生有关，是他当年乡村建设的重要成就。

作为这条路线起点的中国西部科学院旧址，位于北碚区文星湾42号，是重要的近现代史迹，1930年秋，由爱国实业家卢作孚创办。院址初设火焰山东岳庙，1934年院部及理化所迁往文星湾惠宇。1943年该院联络中央地质调查所等十余家科研机构在此又兴建了中国西部博物馆，由卢作孚任院长，下设理化、地质、生物、农林等4个研究所，先后设有图书馆、博物馆、学校、气象测候所，并管理着三峡染织工厂和西山坪农场等。旧址内主体建筑有惠宇楼、地质楼、卢作孚旧居和地磁测点碑等。

中国西部科学院旧址是中国第一家，也是西南地区唯一的一家民办科学院，内里还有多个第一。

1944年，以惠宇楼为展览大楼的中国西部博物馆成立，这是中国人自己创办的第一家综合性自然科学博物馆。

1941年许氏禄丰龙（装吊模型）在北碚首次公开展览，引起轰动。许氏禄丰龙是中国人自己发掘、装架、研究的第一只恐龙，被誉为"中国第一龙"。1944年12月，中国西部博物馆建成之后许氏禄丰龙化石骨架就安置在该馆的陈列大厅里。

1945年，由经济部中央地质调查所设计，中国西部博物馆制作的"中国地形浮雕"制作完成，这是中国第一件地形浮雕。

1945年12月，中国西部科学院在院内立下了地磁测点碑，由国立中央研究院物理研究所测定（东经106°25′46″0，北纬29°50′07″3），是我国第一个测定的地磁点。

西部科学院还是中国最早研究大熊猫的科研机构，我国第一个大熊猫标本也由该院制作完成。

中国西部科学院的建立，在中华西部腹地打开了一扇用科学与教育救国的大门，其与中国西部博物馆在抗战大后方的携手，又在很大程度上带动了西部地区科技文化教育事业的进一步发展。

1949年以后，中国西部科学院先后改建为西南人民科学馆、西南博物院自然博物馆、重庆市博物馆自然部、重庆自然博物馆北碚陈列馆（2015年5月以前）。

1992年中国西部科学院旧址被公布为重庆市市级文物保护单位，2006年被国务院公布为第六批全国重点文物保护单位。

值得一提的是，自1944年12月中国西部博物馆开馆起，一直免费对公众开放。从1944年12月到1947年6月，开放774天，接待观众154097人。其统计进馆人数的方式独具智慧：在一个竹篮里放满竹签，每进馆一人，就拿一根竹签扔到另一个竹篮里。一根根的竹签既用于统计参观人数，又利于重复使用。

长期以来，恐龙就是中国西部科学院旧址的重要特色，这里的恐龙化石种类繁多，而且北碚也是发现恐龙最多的地区之一，自1939年在金刚碑第一次发现鸟足类恐龙骨骼化石起，到1982年在建设村发掘出3具原始蜥脚类恐龙骨架化石止，先后在澄江镇、北碚、天生桥、西南师大（现西南大学）、杜家街、三胜乡、童家溪等地发掘出13处四大类恐龙化石遗址。

在中国西部科学院旧址里参观完恐龙，怀想完这些巨兽千万年前的"丰功伟绩"，还可以游览院内众多的文物遗迹，院内植被茂密，风景宜人，更可远眺滔滔嘉陵江景，正是休憩游览的绝佳去处。

长期以来，重庆自然博物馆都延续了中国西部博物馆免费向民众开放的传统，2015年11月9日，重庆自然博物馆新馆建成并继续向公众免费开放。如今的重庆自然博物馆是我国7所综合性自然科学博物馆之一，更是全国第二大综合性自然博物馆，新馆于2017年晋级为国家一级博物馆，2018年10月，被评为全国中小学生研学实践教育基地。

老"行政中心"庙嘴

北碚主城曾有三宫八庙,其中的武庙据说在今天的北碚图书馆一带,而文庙也即"硕果仅存"的文昌宫,始建于明末清初,清乾隆四年(1739年)进行过修整,是北碚城区中唯一保存下来的古建筑,清末民初,文昌宫曾改作私塾馆。

文昌宫所在地,被称作庙嘴。游览完中国西部科学院旧址,从水厂旁边的小路沿石梯一路向下,看到一口绿藻漂浮的潭水,这就是马鞍溪下游汇入嘉陵江的黑石潭了。黑石潭旁的崖壁上刻有"黑石潭黑龙大王香位"几个字,内里想必也有一段传说吧。黑石潭旁有一条小路,由此蜿蜒向上,便是文昌宫了。

远观庙嘴,"悬崖绝壁,雄峙江岸",其崖壁凸出,矗立江面,颇似鹰嘴,其上又背驮文昌宫古庙,不知道这是不是就是"庙嘴"名字的由来,庙嘴的对面几百米处就是横卧嘉陵江江心的白鱼石。

"碚"字的由来,有一种说法就和庙嘴有关,据说杜家街有位杜举人,要为北碚取名字,他立足杜家街,眼望白鱼石。见白鱼石右旁悬崖上竖立着飞檐翘角的文昌宫,崖下一口黑石潭。于是取白鱼石为偏旁,上"立"着一座庙,庙下一"口"潭。如此,这"石""立""口"便组合成了北碚的"碚"字。

传说缥缈，但庙嘴，尤其文昌宫也的确是碚城的核心，更是碚城立城的关键。

20世纪20年代初，处于江（北）巴（县）璧（山）合（川）交界处的嘉陵江小三峡地区的北碚本是一个匪患猖獗的乡坝，这里的土匪曾多达几十股，他们少则数十人，多的达四五百人，啸聚山林，神出鬼没，为害一方。

1927年，合川人卢作孚出任江巴璧合四县特组峡防团务局局长，负责剿灭周边的匪患。剿匪的同时，卢作孚还在北碚进行了乡村建设实验。到匪患肃清时，北碚的乡村建设成就已初具规模。

卢氏兄弟在北碚的23年里，北碚经历了峡防、乡建、抗战这三个重要历史阶段。其间，卢氏兄弟主持修公路、办工厂、建公园、设医院，建成了四川第一条铁路——北川铁路，组建了当时四川最大的煤矿——天府煤矿，创立了中国唯一最大的民办科研机构——中国西部科学院，率先建成了乡村电话网络……北碚从一个穷乡僻壤变成了当时全国闻名的"小陪都"。

而以上这些决策都是卢氏兄弟在庙嘴的峡防局制定实施的，其司令部及后来的嘉陵江乡村建设实验区署、北碚管理局都设在这里，中华人民共和国成立初期，北碚军管会、朝阳派出所也设在这里，后被改造为大明厂职工宿舍，再之后又作为居民租用房。庙嘴峡防局一带也因此成为20世纪20年代至50年代初北碚的政治文化中心，见证了小城北碚逐渐走向繁荣昌盛的历程，不愧是当时的"行政中心"。

2009年7月，峡防局旧址被确定为重庆市重要抗战遗址，2012年辟为卢作孚纪念馆，如今修缮后的卢作孚纪念馆为全国重点文物保护单位、重庆市抗战遗址保护点、国家三级博物馆、青少年爱国主义教育基地，雄峙嘉陵江畔，占地1570平方米、建筑面积1450平方米、花园绿化面积300平方米。其建筑穿斗结构，青瓦屋顶，端庄朴素，由3个大殿和两侧耳房以及吊脚楼组成，从各地征集来的文物在原卢氏兄弟的办公室内悄然放置，集中展现了卢作孚先生为民族复兴，创办教育、兴办实业、启迪民智、推行乡村建设实验的爱国主义情怀和实绩。

庙嘴卢作孚纪念馆前的平坝，如今已经成了周围居民休闲娱乐的重要场所，江风习习，坐于此地，手持一杯清茶，举目远眺，可欣赏上游温泉峡上的风景，近则可观如在眼前的白鱼石，对岸隐约可见东阳夏坝的复旦大学旧址，晴天的时候，庙嘴上下的礁石上，满是漫步、捡石、遛犬、放风筝的游人，此处实在是休闲观景的绝佳去处。

浓荫遮路梧桐街

人们对一座城市的印象，往往和这座城中所种的树相关。在这些或相似或不同的城市里，总有一条地处核心的步行街，街两旁往往种着相似或不同的树。对于碚城来说，这树是梧桐。

不过此梧桐并非那可供凤凰栖止的传统梧桐，而是人称"法国梧桐"的三球悬铃木。三球悬铃木是如何变成"法国梧桐"的？这本来就是一段掰扯不清的公案，对吾等升斗小民来说，除了多加几分谈资外，那三球悬铃木的"官称"不仅绕口，叫起来也缺了几分美观，碚城人更喜欢简而言之地称其为梧桐，更有人干脆将北碚唤作"梧桐城"。

北碚的梧桐树很多，仅在老城区域，中山路、胜利路、人民路、碚峡路这几条主要干道上都可见梧桐那曼妙的身影。但人们所习称的"梧桐街"还是指的中山路天奇广场之下那一段。

有人说："有历史的城市不一定都有梧桐，而有梧桐的城市一定具有深厚的历史底蕴。"曾经有人评选了中国最美的七个梧桐树城市，上海、南京、杭州、武汉、青岛、常德而外，便是重庆北碚。而北碚最美的梧桐，都集中在这条梧桐街上。梧桐街上的梧桐高举如伞，婆娑多姿，于高处携手而握，夏日绿荫蔽日，凉意摇曳；冬日金黄满眼，即使寒风凛冽，心中也暖意融融。

但梧桐街上梧桐的美，不仅源于它那摇曳的身姿，更是因为它背后的那一段历史，以及历史上的那个人。从1939年起，北碚实验区署发动市民填沟，修马路。20世纪30年代，"北碚之父"著名爱国实业家卢作孚先生，从上海运回了36株法国梧桐幼苗，种植在了北碚的土地上，梧桐街上开始有了梧桐。那时候的北碚，由于卢作孚先生的主持建设，已经由四县交界处的一个匪患猖獗的小乡场蜕变为民国时期重庆最闪耀的一座城，被称为"小上海"。这些来自上海滩的"法国梧桐"来到山城并没有水土不服，反而长势喜人，不但旺盛如林，更逐渐覆盖了北碚的数条街区，如今算来，梧桐街上那些粗大的梧桐，已八九十岁矣。

梧桐街并不长，不过两公里的样子，但在这不长的距离内，却密集着卢作孚先生当年所营建的图书馆、美术馆、平民公园、人民会堂……那由人称"重庆詹天佑"的丹麦工程师守尔慈所规划的北碚老城区精华基本集中于此。尤其是那如项链宝石般的北碚第一个街心花园，虽然世事变迁，周围种种建筑数易风貌，其形制却始终不变，和几十年前的老照片上相差无几。事实上，文化场所集聚的梧桐街至今仍是人们游览休闲的重要所在，人们在图书馆看完书，还可步行几百米去红楼美术馆看画，到几百米外的体育场去运动，去隔壁的北碚公园休息看江景，去不远处的文化馆看表演……短短几步路即可满足大部分文化娱乐需求。想想那些都市病缠身，动辄驱车几公里，限号限行的"大城市"，碚城人的幸福感不知要高上多少倍。

人们从这些场馆中游览出来,是很难不对卢作孚先生的远见和成就深深钦仰的。尤其是看到梧桐街上的那些梧桐。事实上,固然岁月流逝,但除了人民会堂变成了天奇大楼,北碚文化馆旧貌换新颜,国旗台接通了轨道交通6号线……梧桐街上那碧绿如玉、绿荫交攀如翠廊的树,依然随风摇曳,恍惚如昨日,让人想见作孚遗风。卢作孚先生曾说:"愿人人皆为园艺家,将世界造成花园一样。"这梧桐街上的梧桐,便是北碚这座大花园里最美的树吧。

市井书香图书馆

阿根廷诗人博尔赫斯在诗篇《关于天赐的书》里写道："我心里一直都在暗暗设想，天堂应该是图书馆的模样。"现代都市里，图书馆总是它的文化心脏，其建筑形制或许并不如那些俊男靓女出没的 CBD 奢华时尚，但总展现着这座城市的底蕴与真正活力。

北碚图书馆最醒目的底色，应该是它市井化的民众色彩。不管何时，漫步熙攘的北碚街头，总能看到那窗明几亮的阅览室里坐满静静读书看报的人们，不唯有查阅资料的青年学生，更多的则是刚刚买菜购物归来的老爷爷、老奶奶们。他们往往随意地将那些还沾满菜市场气息的青菜或半斤猪肉放在桌边，顺手拿起几份报纸仔细阅读，这情形毫不违和，反而是那样地融洽，那样地自然而然，更让人觉得图书馆这座殿堂里充满了生活气息，充满了不竭的活力。

这一切，当然也源于卢作孚先生。有商务印书馆工作经历的卢作孚先生历来重视图书馆的建设。1933 年 4 月，他在《必须做民众运动》一文中强调："民众教育不仅仅是民众学校，是可以从多方面举行的。如像医院天天有病人，博物馆动物园天天有游人，图书馆天天有读书、看报的人……都是我们应施教育的民众。"在卢作孚文集和其他有关著作中更多次提及图书馆。《卢作孚文集》增订本中有 47 处提到"图书馆"。在西南大学刘重来教授著的《卢作孚与民国乡村建设研究》中，有78处提到"图书馆"。在河北大学吴洪成教授等著的《教育开发西南——卢作孚的事业与思想》中，有85处提到"图书馆"。在西南大学张守广教授编撰的《卢作孚年谱长编》中，有202处提到"图书馆"。卢作孚先生对图书馆的重视，由此可见一斑。外出参访时，图书馆也几乎都是卢作孚的必去之处。例如1930年卢作孚率队到江苏、浙江、上海和东北考察时，在南通、南京的金陵大学、南京的晓庄小学、苏州等地都参观了图书馆。

　　1927年冬，卢作孚先生出任北碚峡防局局长，借北碚关帝庙一角筹建图书馆，命名为峡区图书馆，1928年5月正式开馆。开馆当天，卢作孚先生亲自接待来宾，他说："峡区图书馆的图书是经过选择的，布置设备是经过研究的，不专是收藏图书，重在供人阅览，不专是供人阅览，重在指导人阅览。"可见，北碚图书馆立足之初就注重于以开放的态度欢迎普通民众来读书。1928年5月31日《嘉陵江报》记录了当时立于图书馆门口的公告，其中有一条写道："各位朋友想看哪一部书，可以向馆里的职员说，立刻就取出来，如果不晓得哪一部书好，馆里的职员可以帮助选一部出来，如果要问馆里有些什么书，馆里的职员当详细告诉你。"公告中更有一条"欢迎各位随时来看，四川，中国，世界目前的情形"，可以看出卢作孚先生对于图书馆的期待还在于借其打开大众的视野，使其关注世界动态，更可见卢作孚先生"开民智"的宏愿与苦心。

为进一步鼓励大家多多读书，峡区图书馆向民众提供了种种方便和优惠。1929年12月30日《嘉陵江报》以《为读书特烧火盆》为题，报道了原规定冬天不准局机关烤火，但"为便利一般市民和全局服务人员读书起见，特于图书馆置火盆，以便众人读书。地方上无钱无事的，很盼望在图书馆去烤火读书"。至今北碚图书馆那随时开放的空调和热水，根源大概就是从此而来吧。

相对于其他方面的建设，读书的风气总是很容易营造的。1931年11月22日《嘉陵江报》上登载有一篇《北碚晚上踊跃着读书的人们》的报道，那时的北碚"……每晚都有许多男女青年朋友在读书，北碚市中学校园道上，体育场间，一到晚上八点以后，随处碰到手里拿着书本的人，不是民众学校夜学出来的学生们，就是在图书馆研究东北问题的峡局职员。从来峡局文化事业莫有见过如此的兴盛现象，尤其是晚间"。

峡区图书馆建成后规模日渐扩大，在水土沱、澄江镇都陆续开设了分馆。1933年，峡区图书馆并入中国西部科学院图书馆，1936年为方便民众阅读又独立出来成为"北碚民众图书馆"。那段"陪都的陪都"的历史给峡区图书馆的发展带来了很大的财富。初创时，馆内藏书只有受捐赠所得的四百余册，而至1939年时峡区图书馆已有藏书四万余册。抗战结束后，图书馆收到美国新闻署赠送的近万册新闻周刊。1945年11月，卢作孚将民生公司图书馆、西部科学院图书馆，以及北碚民众图书馆合并，并收入了几位藏书家捐赠的图书，联合组成北碚图书馆，并成立北碚图书馆理事会，由晏阳初任理事长，张从吾任馆长。

1946年3月，北碚图书馆迁入卢作孚主持修建的北碚公园内的"红楼"。当时卢作孚高兴地说："将来要逐渐把公园火焰山周围一带建设成北碚的文化区，其中心就是北碚图书馆。"1949年1月，设在北碚温泉公园的北泉图书馆并入北碚图书馆，使馆藏图书达到24万余册。

历经九十多年的建设和发展，曾号称"川东天一阁"的北碚图书馆藏书更加丰富，逐步整理形成古籍善本、革命历史资料、抗战版文献、地方志、地方文献五大体系。目前已有馆藏文献60万余册，其中历史文献近30万册，古籍文献10万余册，并有21种共6840册古籍入选《国家珍贵古籍名录》。除了以丰富而珍贵著称的抗战文献之外，北碚图书馆所藏的地方志也颇为可观。据统计，北碚图书馆藏地方志12520种，2万余册，其中不乏具有史料价值的珍稀善本，且《中国地方志联合目录》未收录，至今未见印行传世。比如：清代彩绘插图本《云南通志》、明（正德）《姑苏志》、清（乾隆）《罗田县志》及《北碚志稿》等。2018年，北碚图书馆据此整理了100余种地方志出版了《北碚图书馆藏方志珍本丛刊》。

如今的北碚图书馆秉承作孚先生"开民智，广教育"的办馆理念，服务社会，服务大众。2011年率先在重庆市实行免费开放，如今更按照"1+17+N"（即1个区级总馆、17个镇街分馆、N个社会分馆）的北碚模式，全力推进文化馆、图书馆总分馆制建设。现已完善区属二级行政区17个镇街分馆的建设，总分馆达到区域内二级行政区全覆盖，占比100%。可见，北碚图书馆已确如卢作孚先生所愿，不仅是火焰山一带的文化中心，更是整个大北碚的文化中心。正如北碚图书馆馆长所说："每一个城市都有自己独特的文化底蕴，而图书馆毋庸置疑是各个城市、地区独特的文化景观。图书馆于我们而言，不止停留在借书与看书上，更是保护、发掘以及传承文化的地方。"

诗情画意看红楼

"更倩红楼添一角，江山顿觉太玲珑。"碚城的人谈起飞檐翘角的红楼，口齿间总涌起一股暖暖的甜意。黛瓦红墙的红楼独居于高高的火焰山麓，下邻蜿蜒秀美的碧绿嘉陵江，是那样地秀美雅致，又是那样玲珑精巧。

砖木结构的红楼，坐落于北碚公园旁侧，是一座三层加阁楼的歇山顶小楼，高14.2米，建筑面积1498.5平方米，具有典型中西合璧的民国建筑风格。

1932年，红楼由著名实业家卢作孚先生主持修建，最初的红楼用作兼善中学校舍。卢作孚先生于1930年秋季创办兼善中学，其校名出自《孟子·尽心》(上)"穷则独善其身，达则兼善天下"，初中第一班以江北贫儿院的29人为基础，借北碚火焰山东岳庙暂住。1932年3月，新建校舍楼房一幢于北碚公园右侧（即红楼）。抗战伊始，兼善中学搬迁去了毛背沱，红楼成了中央银行北碚办事处。

抗战胜利后，原峡区图书馆、西部科学院图书馆、民生公司图书馆合并而成的"北碚图书馆"搬迁至红楼，作为其办公场所、书库、阅览室。此后，红楼还作为卢作孚先生纪念馆和古籍藏书室。2001年，北碚图书馆新馆成立后，古籍陆续迁往新馆特藏书库。2013年，北碚美术馆在红楼挂牌成立。

可能是贪恋红楼的雅致和楼前的嘉陵胜景，蒋介石每次来北碚都下榻于红楼，更有传言他颇喜欢偕夫人坐在阳台上边饮茶边看江景。1944年，美国副总统华莱士访华也曾到访红楼。当时的北碚是中央农业实验区，在时任国民政府农林总长的陪同下，华莱士与中方人员在红楼共进午餐。午饭休息后，就到二楼的阳台看滑翔机表演。这次表演是专为欢迎华莱士来访准备的，得知消息的市民们纷纷赶来观看，人山人海的欢呼与如潮的掌声，不亚于今日演唱会盛况。

红楼作为重庆北碚地区历史文化标志性建筑，也是民国嘉陵江三峡乡村建设实验的重要旧址之一，对研究民国时期建筑样式有重要的参考价值。1989年7月30日红楼成为北碚区文物保护单位，2009年12月15日升级为重庆市文物保护单位。2013年5月红楼与峡防局旧址等嘉陵江三峡乡村建设实验的旧址群一起被列为全国重点文物保护单位。

2015年于红楼前方建成了顾毓琇先生纪念亭和铜像，沿袭红楼旧制，颇类古迹。顾毓琇是一位享有国际声誉的电机工程专家、自动控制专家，亦是一位教育家、戏剧家、诗人、音乐家、翻译家、佛学家、书法家。他被誉为中国"现代文化史的巨匠""文理大师"和"文化奇才"。这位文理兼长的大师，与北碚结缘极深。抗战之初，顾毓琇移居重庆北碚，时任教育部政务次长。他在北碚生活工作两年多，更建设了自己的小院。沐浴着缙云山的微风，观赏着嘉陵江的秀水，顾先生创作了《古城烽火》《岳飞》等九个剧本和一部长篇小说、两部短篇小说，另有多首抗战救国诗词和书法作品。时光荏苒，顾毓琇先生的旧居已无处可寻，于是人们便在红楼边上修起了这座纪念亭和铜像。2015 年，纪念亭落成典礼时，顾先生的儿子顾慰庆亲自为父亲的铜像揭幕，孙子顾宜凡为纪念亭捐赠了珍贵的书籍和文史资料。

2012 年盛夏，红楼在升级改造时突遭回禄，惹得众多爱书人士担心不已，幸而楼内藏书早于三个月前迁至北碚图书馆新馆，32 万册珍贵古籍均得以保全。

卢作孚先生一直重视古籍保护，曾特批资金用于收集流落民间的古籍和珍贵资料。借着历史上"下江人"回乡的契机，红楼收藏了很多字画珍品和古籍珍本。1949 年底，梁漱溟先生离开北碚之时，还把自己收藏的很多珍贵字画赠予红楼。在红楼馆藏古籍、字画中，最具代表性的是梁漱溟捐献的《金农硃竹并题立釉》。金农传世的画本来就不多，而留有梁漱溟墨宝的《金农硃竹并题立釉》更是绝无仅有，其收藏价值和市场价值难以估量。馆藏明代中期"吴派"的开创者沈周所绘的《水墨山水立轴》，明末著名书法家王铎的《行草书长卷》、清代刘墉的《行书立轴》、现代张大千的《净瓶观音图》、齐白石的《仙桃图》同样价值不菲。馆藏的清道光年间出品、采用六色套印技术的《杜工部集》等 21 部古籍，更于近年来入选了《国家珍贵古籍名录》。

如今的红楼作为北碚美术馆，经常举办种种免费画展、影展，成了北碚文化传承、交流的重要平台，更是碚城人闲暇游览、熏陶艺术的悠悠胜地。诗情画意的飞檐红楼，确实使北碚江山更添几分玲珑。

红楼　国画　60 cm×50 cm

"熊猫诞生地"北碚公园

北碚公园是重庆市规范化管理二级达标公园，位于嘉陵江南岸北碚区中心的火焰山上，现有面积7.43公顷，地理位置优越，园地四面临街，交通十分方便。内有作孚纪念园、盆景园、雉科动物展览、休闲茶园等，是一个人文景观与自然景观相结合，集休闲、娱乐为一体的综合性山地公园。

其原址为火焰山东岳庙，1930年，卢作孚先生为了发展北碚地方经济文化事业，拆毁东岳庙神像，建成了峡区博物馆，揭开了公园、动物园建设的序幕，最初取名"北碚火焰山公园"，不久更名为"北碚平民公园"，1950年被北碚军管会文教部接管并更名为"北碚公园"。

一直以来北碚公园都保持着动物展出观赏，从最初饲养良种家禽，发展到展出虎、狮、狼等猛兽和其他野生动物。随着时代的变迁大型动物均已陆续退场，目前动物展出以深受小朋友喜欢的雉科动物和小型动物为主。

值得一提的是，北碚公园还是大熊猫的"诞生地"。

1869年5月4日，法国传教士谭卫道在四川雅安首次捉到野生大熊猫，并定名"黑白熊"，后归入"猫熊"。1939年8月11日，内迁北碚的中央研究院动植物研究所，见北碚平民公园（现北碚公园）动物数量减少，为充实内容，便把从野外捕捉到的大熊猫赠予北碚实验区区署，交平民公园动物园饲养，供公众观览，这也是目前已知最早的大熊猫活体展示。

当时展出的标牌上分别用中、英文书写"猫熊"的学名和中文名：上排从左至右用英文横写猫熊学名，下排为了和外文的书写方式保持一致，亦从左至右用中文写上"猫熊"二字。

但由于当时中文的书写习惯，读法都是从右至左，因此观众都将"猫熊"读成了"熊猫"。此后，"大熊猫"这一称谓便约定俗成，就此流传下来。

毛泽东在谈到中华民族工业发展过程时说道，四个实业界人士不能忘记，"搞重工业的张之洞，搞化学工业的范旭东，搞交通运输的卢作孚和搞纺织工业的张謇"。"北碚之父"卢作孚的墓园，正在北碚公园之内。作孚园坐落在北碚公园的最高点上。为纪念卢作孚先生对开拓北碚做出的巨大贡献，1986年，政府发动民间集资，在北碚公园的最高点上修建了卢作孚纪念园。1952年，卢作孚先生逝世，埋葬在南岸龙门浩，1999年，迁到北碚公园与夫人蒙淑仪女士骨灰合葬于此。

作孚园内有卢作孚先生汉白玉石塑像，作孚夫妇墓地，周谷城、孙越崎、梁漱溟、陈铭德题词、晏阳初撰文、卢作孚名言等。碑文、浮雕、大理石屏风墙、纪念亭、纪念撰文错落布置在曲折蜿蜒的山径之中，绿树花草之间。

在卢作孚墓园后方的照壁上，镌刻着卢作孚先生的名言："愿人人皆为园艺家，将世界造成花园一样。"如今，北碚小城也确如作孚先生所愿，依然是一座花园般的小城。

公园内还有一座清凉亭，坐落于火焰山麓的嘉陵江畔，原名慈寿阁，建于 1935 年。阁分两层，一楼一底，依山傍水，小巧玲珑，掩映于苍松翠柏中。这里同样有着一段佳话，1934 年正月初三日，卢作孚的老母六十寿辰时，亲朋好友和北碚各界人士，筹集了 3000 银元作寿金，准备为卢母修建一幢别墅。卢作孚认为，接受礼金为私人建房不妥，便与母亲商量，决定将这笔钱收作公益之用，在北碚公园内建造了一栋亭阁，供人观瞻使用。在为此亭取名时，大家议定阁名为"慈寿阁"，以示阁子建设由来。但受卢作孚先生反对，"慈寿阁"的牌匾因此一直未挂，1937 年 12 月 15 日，卢作孚邀请国府主席林森游览北碚，请他题写了"清凉亭"三字，以更换"慈寿阁"之名。1938 年 5 月，慈寿阁便悬上了"清凉亭"匾额，自此，"清凉亭"之名，沿袭至今。

清凉亭　国画　50 cm×50 cm

闹市舞台北碚文化馆

北碚老城区的中山路被圆圆的天奇广场分为上下两段。从嘉陵江边沿着梧桐绿荫覆盖的小路走到尽头，便可见到造型古朴的北碚文化馆静静矗立于街边。

这里是北碚老城区的中心，北碚文化馆始建于1950年2月，其前身为1937年设立的"民众教育馆"。初成立时，北碚文化馆的馆址设于黄山堡火神庙内，隶属于川东区行政公署文教厅。1952年改为北碚市文化馆，当年9月川东行署撤销，不久改为市第六区人民文化馆。1959年改为北碚区文化馆，馆址设于朝阳街道中山路58号。历史悠久，文化底蕴厚重的北碚文化馆，享有重庆市"百年社文第一馆"的美誉，先后获得全国先进文化馆、国家一级文化馆、中国优秀文化馆等殊荣。

20世纪80年代的北碚文化馆，临中山路一侧没有门面，一左一右的两道青石阶通向馆里，小坡上左侧是办公楼，中间是平坝，右侧是茶园，有段时间，茶园下的堡坎也辟作露天茶园。茶园高朋满座，人声鼎沸，干部、教授、大学生及市民，都爱到这里喝茶聊天、下棋打牌、谈生意。不少大学生在此左手揭茶杯盖，右手翻书，以茶水滋润学问。文化馆设在街边的宣传橱窗，后来发展为北碚诗画廊，延至朝阳小学临街墙壁……

当年北碚文化馆附近，文艺设施林立，最醒目的就是卢作孚先生所建的民众会堂。冠绝大西南的民众会堂于1949年后，更名为"人民会堂"，长期是北碚的中心和标志性建筑，更是北碚繁荣的象征。除影剧演出之外，重大会议、节日联欢、表彰先进、歌咏比赛，细数小城几十年间的盛大庆典，无一不在这座宽大的，具有象征意义的大礼堂里举行。1999年，随着老城区改造的步伐，人民会堂化作了天奇大厦。北碚文化馆附近还曾有抗战时所建的中山文化教育馆，董事长是孙科。还有一座国立礼乐馆，也建于抗战时期，分别由戴季陶、顾毓琇任正、副馆长。

这些文化场所所承载的文艺功能，逐渐都迁徙到了北碚文化馆，使得北碚文化馆成了老城区文艺活动的中心。

北碚文化馆设有舞台，每逢闲暇常有歌舞节目演出，观众便是街头来来往往的行人，人们行走于北碚梧桐街上的闹市街头，常常得以便利地观赏这些精彩的文娱节目，真真是文艺无界限。

作孚广场与天奇广场

从恐龙漫步的中国西部科学院旧址一路走来，经过"老行政中心"庙嘴、浓荫密布的"梧桐街"、抗战文献丰富的北碚图书馆、宝藏丰硕的红楼、熊猫命名地北碚公园，在民间文化荟萃的北碚文化馆旁边便出现了一个颇敞亮的圆形广场，这便是作孚广场了。

就算对北碚人而言，"作孚广场"这个名字都还是挺陌生的，然而一提"天奇广场"，那就几乎尽人皆知了。事实上，作为地名的"作孚广场"确实很新，2005年，为了纪念卢作孚先生对北碚的历史贡献，"作孚广场"这个新地名在北碚区人代会上表决通过，然而虽然路牌等早已更换，人们还是习惯称这片广场为"天奇广场"。

而实际上，"作孚广场"的历史远比"天奇广场"悠久得多。它的前身是卢作孚所规划的用来开展教育活动的"民众会场"。抗战胜利之后，卢作孚为返迁的单位变卖了大量库存货品。1946年，他用盈利的钱，亲自邀请上海的工程公司做设计，组织人力在此修建了一座"民众会堂"。民众会堂有着中西合璧的独特造型，光滑如镜的磨石墙面，数十步高的台式阶梯，台阶两边是逐级而建的花坛，台阶前则是一个可搭建露天舞台的大广场。

1946年，卢作孚为民众会堂购进一套极先进的电影放映设备,当时全中国仅有两套(另一套在南京),使之成为国内最先进的影剧院之一。民众会堂建成后,卢作孚特地嘱咐道:"民众会堂要尽量利用,天天要用,要训练民众守秩序,鱼贯而入依次就座,鱼贯而出依次离位。"民众会堂由是成了当时闻名的会议中心、影剧场以及文明礼仪"开化"之地,梅兰芳、张瑞芳等名人都曾来此做客。民众会堂因此也成了当时北碚繁荣的象征。

中华人民共和国成立后,民众会堂更名为"人民会堂",仍是北碚的中心和标志性建筑。国内外的知名演出团体在此演出过,京剧艺术家周信芳、荀慧生、尚小云,歌唱家郭兰英、王昆等在演出后都赞舞台好,"坐在最后几排都能看清台上的表演,走遍全国也只有北碚这一家"。由于人民会堂地处北碚老城区的中心,长期以来,变成了碚城人民辨别方位的重要地标。甚至成了游览北碚的必观之地。它的身影不知融入了多少人的相册,更有"没去人民会堂,就不算到了北碚!"之说。

2000年,天奇集团在此修建了22层的天奇大厦,并在此处建成了一个广场,于是大厦前面的这片广场也就被人们顺理成章称为"天奇广场"了。

久而久之,"天奇广场"又成了新的地标,这一路本来也是游览作孚先生乡村建设精髓的最佳路线,自中国西部科学院旧址行到此处,一路经过自然博物馆、"行政中心"、体育场、图书馆、美术馆、兼做动物园的平民公园、文化馆……如此之多的市政设施浓缩在此短短的路程内,使人不禁感叹当年作孚先生城市规划的远见和周到。如今很多"新城"大则大矣，往往拥挤不堪，多种城市病缠身，也无怪乎北碚老城至今仍是全国乡建文化的重要典范。

"作孚广场"的复归，正是对这位"北碚之父"的怀念，然而，2010年中国邮政《梅兰竹菊》特种邮票首发式在作孚广场举行时，临时邮局使用的邮戳地名却还是"天奇广场"，可见"积习难返"。随着人们对卢作孚先生的种种宣传和怀念，未来"作孚广场"这个地名重新成为人们的地标称呼想必也为时不远了吧。

都市盆景多鼠斋

抗战时期的重庆作为战时首都,城市人口急剧膨胀,城市承载压力也随之加大。为了分散人口,缓解市区承载压力,并减少日机轰炸带来的损失,国民政府决定在重庆近郊开发建设迁建区,将聚集在重庆市区的机关、学校、企业与人口分散安置。这极大促进了北碚的城市化进程,大量文化单位入驻以及"三千名流下北碚"使得北碚从一个主要以中小学为主,缺乏高等学府或专科学府的地区一跃变成拥有十余所高等院校的聚集地,充分促进了北碚的文化发展与繁荣,其境内的夏坝更成了抗战时期著名的"文化四坝之一"。

老舍先生的儿子舒乙在缅怀北碚的文章《第二故乡的梦》中写道:"那时的北碚是个小城。城中心靠着嘉陵江,其规模也就是三五条小街吧。它的精彩之处,并不在城中心,而是周边。周边散布着无数文化教育机构,都是由北平,由上海,由华东,由华南搬来的,里面住着一大批赫赫有名的文化人,说他们是全国的思想精英一点也不为过。"

自然而然地,这段历史也给北碚留下了众多风貌依稀的名人旧居。其中声名最煊赫的恐怕要数以《雅舍小品》而蜚声海内的梁实秋旧居雅舍,而与之最接近的则是老舍旧居。老舍旧居位于北碚区天生街道天生新村63号,是一栋砖木结构,一楼一底的小楼,建筑面积约120平方米,属折中主义建筑风格。这里原是林语堂1940年所购住宅，购置后即被日机炸毁一角。修复后林氏赴美，将房屋赠予中华全国文艺界抗敌协会北碚分会。1940年春，老舍到重庆主持文协工作，于1943年夏到此暂住，当年11月，老舍夫人胡絜青携子女来到北碚与刚割治完盲肠的老舍团聚。这里住着四户人，楼上有老舍、老向、萧伯青，楼下一大间会议室，是文协分会正式的办公处，一间独屋，住着伤兵作家萧亦五。1945年2月4日，老舍小女儿舒立出生。抗战胜利后，老舍应美国国务院的邀请到美国讲学，1946年1月离开北碚，共在此居住了三年半，而胡絜青带着四个孩子，在北碚待到了1950年才返回北京。这也是老舍先生在重庆居住时间最久、保存较为完好的一处住处。2010年，这里更名为"四世同堂纪念馆"，面向社会开放。

老舍先生在北碚安家后，有许多朋友前去看望。夫人胡絜青一次又一次地向老舍讲述了北平沦陷后人民所遭受的苦难和当亡国奴的耻辱。这些真实的细节，为老舍先生酝酿创作《四世同堂》提供了详细的背景材料。1944年元月，老舍开始写作百万字小说《四世同堂》，他说"我必须把它完成，成为从事抗战文艺的一个较大的纪念品"。年底完成了三部曲的第一部《惶惑》，1945年完成第二部《偷生》，第三部《饥荒》于1948年在美国写完。除此之外，老舍先生还在此创作了长篇小说《火葬》、话剧《桃李春风》《王老虎》《张自忠》、回忆录《八方风雨》以及散文、杂文、诗歌、曲艺等数百篇200多万字的作品。

作为在重庆的第一处固定住所,老舍先生对这里是满意的。当年为炸弹所致的破损之处都已修复,连院中的炸弹坑,也种上了一棵洋槐树。但老舍当时仅靠写作为生,稿酬低微,"三千字才能换回两斤肉",加之人口众多,刚刚做完手术的他生活艰困,常常数月不知肉味,于是又犯了贫血的老毛病,时常头昏眼花,于是他将自己的居所命名为"头昏斋"。当时这里地处荒凉,只有两栋住房,蚊子多、青蛙多,老鼠更多,满楼乱窜,甚至不怕人,因此老舍又将其命名为"多鼠斋"。他在文章《多鼠斋杂谈》中写道:"多鼠斋的老鼠并不见得比别家的更多,不过也不比别处的少就是了。前些天,柳条包内,棉袍之上,毛衣之下,又生了一窝。"他还以幽默的口吻在书中提道,"多鼠斋"内的老鼠成群结队,不仅啃烂家具,偷吃食品,还经常拖走书稿等物,一次家中的棋子被老鼠偷走,日军轰炸时,棋子竟然从房顶上掉了下来。老舍在此写了一组12篇杂文,命名为"多鼠斋杂谈",先后发表在1944年9月、11月、12月的重庆《新民报晚刊》上。

曾经地处荒僻的"多鼠斋",而今已经成了北碚老城区的核心,四周密集环立着钢筋水泥的高楼。不大的院落里,种满了芭蕉、竹子、黄桷树等花木,素雅清幽,与周围的喧嚣热闹对比起来,真好像一个精巧的都市盆景。

这处老舍旧居原有匾额"老舍旧居",为胡絜青题写。1982年10月,老舍夫人胡絜青先生带着女儿舒济、女婿王端来到北碚,重访抗战时期的居所,她认为这是老舍在全国的故居中保护得最好的一处,于是写下了《一九八二年旅北碚诗》：

>   一别北碚走天涯，三十二年始回家。
>   旧屋旧雨惊犹在，新城新风笑堪夸。
>   嘉陵烟云流渔火，缙云松竹沐朝霞。
>   劫后逢君话伤别，挑灯殷殷细品茶。

如今旧居门口的匾额"四世同堂纪念馆"和木制门联上老舍先生在北碚时所作的诗《北碚辞岁》均为舒乙题写，诗云：

>   雾里梅花江上烟，小三峡外又新年；
>   病中逢酒仍需醉，家在卢沟桥北边。

舒乙不仅亲自为纪念馆题写了牌匾，还带来了全套《四世同堂》手稿影印本，和日文、法文等9种版本的《四世同堂》小说，捐献给纪念馆永久收藏。对于北碚生活，舒乙曾有回忆文章《第二故乡的梦》，情真意切，追溯了往昔的很多趣事，发表于《红岩》杂志2004年第2期。

而今的"四世同堂纪念馆"，可能因为最近文艺范日渐流行，那"多鼠斋"的名字反而越来越响亮，常被人提起，不过老鼠的踪迹大概没有了，所醒目的只有招牌上那幅憨态可掬的老鼠画像。

警报声声警报台

抗战时期，日本为了彻底"摧毁中国的抗战意志"，达到"迅速结束中国事变"的目的，于1938年2月至1944年12月间，对中华民国战时首都重庆及其周边地区进行了长期的无差别轰炸，使重庆人民的生命财产和社会经济遭到空前浩劫。据不完全统计，日机空袭重庆共达218次，出动飞机9513架次，投弹21593枚，炸死市民11889人、炸伤14100人，炸毁房屋3万多幢，30所大中学校曾被轰炸。

作为重要迁建区的北碚，在1940年5月27日至1940年10月10日期间，遭受日机四次轰炸，北碚民众死伤惨重，多处市街、厂商、房屋被摧毁。

第一次在1940年5月27日，国民党第十八军借体育场开运动会，兼训练新兵。日寇飞机来炸重庆市，从北碚路过，见部队甚多，也不去重庆市内了，炸起北碚来。重点是体育场一带，士兵伤亡颇多。第二次在1940年6月24日，空投的燃烧弹使清华大学图书馆所存的297箱图书顿时淹没在火海中。由于抢救不力，焚余之后北碚仅存西文图书307册，中文图书4477册。1942年，图书部主任潘光旦重访北碚时，不禁慨叹："万卷皮藏付一炬，那堪重访劫灰余？龙漦千岁中原有，安问虾夷不识书？"第三次在1940年7月31日，重点是炸北碚城区。敌机刚飞走，卢子英就站立在体育场指挥台上，亲自指挥抢运物资，不分彼此，都运进体育场，堆积如山，事后组织相关人等认领。第四次在 1940 年 10 月 10 日，重点在黄桷树镇边的复旦大学，该校损失惨重，时任复旦大学教务长兼法学院院长的孙寒冰教授与六名师生不幸遇难。噩耗传来，复旦大学师生们悲痛不已，他们将孙寒冰安葬在夏坝附近的琼玉山前锋村，事后在北碚城区开追悼会兼向倭寇讨还血债大会。

1940 年 6 月，田汉以左翼文艺运动组织领导人的身份来北碚视察，在游览北碚缙云山时，突然响起防空警报，日本飞机掠过缙云山上空，直扑重庆城进行轰炸，目睹此景，田汉挥毫题写七言绝句一首："太虚浮海自南洋，带得如来着武装。今世更无清净地，九天飞锡护真光。"同行的郭沫若同样激愤难平，于是在北碚汉藏教理院挥笔诗一首："无边法海本汪洋，贝叶群经灿烂装。警报忽传成底事，顿教白日暗无光。"

"大轰炸"期间，重庆上空时常响起防空警报，老百姓"躲警报""钻防空洞"几乎成为生活常态。1941 年 8 月 8 日至 16 日，重庆上空曾连续七日，不超过六小时间歇地鸣响防空警报。1938 年 2 月 23 日，《国民公报》刊登了一篇时评，详细描述了重庆人"跑警报"的实况："清晨起，汽车、轿子、洋车，非常拥挤地向城外流出。薄暮时分，又拥回来。大溪沟一带居民，为了防止空袭来时跑不动，许多人特别在早晨就雇好轿子在家里等着，只等警笛一鸣，就可抬起跑。"

虽然大轰炸给重庆带来了悲壮、惨烈的灾难，人们却并没有因此被打倒，反而苦干雄起，在断壁残垣间豪迈地写下"愈炸愈强！"相关纪录片里，虽然可以听到一声声沉痛的"哦豁"，却也可以看到积极重建，努力恢复的人们。他们更编出来一段顺口溜："任你龟儿子凶，任你龟儿子炸，格老子我就是不怕；任你龟儿子炸，任你龟儿子恶，格老子豁上命出脱。"日军每一次飞行至重庆心情都很悲观，因为他们看到的不是因轰炸而变成废墟的重庆，而是在废墟中不断重建，乃至越发扩大的重庆，新重庆一次又一次在硝烟之中诞生、强大。敌酋远藤终于哀号，轰炸并没有让战争取得实质性的进展，反而向日本军部提出了"轰炸无用论"。

  与大轰炸相伴随的，是迅速点缀在山城的各个角落的各种预防大轰炸的建筑设施，比如警报台、防空洞、避难所以及明示敌机情况的灯笼等。北碚则及时成立了防护团，建立重伤医院，明确划分各单位的职责，救人、抢物、扑火、隔离，并实施演习演练。

  山城重庆的种种防空措施因地制宜，比如在山脚下挖掘防空洞，敌机来袭，无法逃出城区的人则可躲到房子旁边的防空洞里；又比如在城区附近的山顶上修建警报台，通过开阔的视野可以早早发现呼啸而来的敌机，岗哨随即拉响警报，提醒市民赶快避难。北碚街区附近最高的山丘就是龙岗山，是修建报警台最理想的地方，北碚报警台旧址就位于其顶端。

  报警台由青砖加混凝土堆砌而成，外形像一座碉楼，长6.1米、宽6.1米、高7米，共三层，占地面积40.2平方米。报警台内部设施简单，除了通往三楼的步梯之外，就是岗哨口和报警使用的一台机器。当年报警台的一侧是北碚城区，另一侧是卢作孚创办的织染厂，远可看到嘉陵江小三峡，或通往天府煤矿的狭窄公路，视野十分开阔。卢作孚为了给北碚市民提供及时的日军空袭信息，修建了这座报警台，并于1939年从德国购买铜质警报器一台，功率为7.5千瓦，所传之声可覆盖方圆十公里。

抗战胜利后，龙江花园及龙岗山划归新成立的大明纺织厂，而报警台以及警报器也难以再发挥战时的重要作用了，只是为工厂职工报时所用，也算是发挥了余热。2009年7月，报警台被重庆市文物委员会确定为"重庆市抗战遗址文物保护点"。2009年12月，报警台遗址作为重庆市大轰炸遗址群，被重庆市政府列为文物保护单位，同时与大隧道惨案遗址，消防人员殉难纪念碑等其他大轰炸遗址打包成为重庆抗战时期大轰炸遗址群。

岁月荏苒，矗立在龙岗山顶的报警台旧址曾经高之又高，是老城区的制高点，而今却被周围的摩天楼宇淹没。但是看到这栋青砖小楼，似乎依然可以听到那声声凄厉的警报，应该说，这栋如今已不起眼的小楼既是对日本罪行的控诉，更是对中华民族不屈精神的记载。

雅舍与月亮田

　　山城有很多颇有趣的地名，譬如于网上变成段子的"人和"，譬如简单直接的"四公里""五公里""六公里"之类。更多的则是一些随着剧烈城市化而渐渐"失踪"的地名。2010年我来碚城参加研究生复试，在老城街头所购得的第一本书正是《失踪的上清寺》，从而晓得重庆有很多如"上清寺"般"几乎每个重庆市区的老百姓都能叫出它的名字……却没有任何人找到过"的地方。于北碚而言，于我而言，"月亮田"正是其中一例。每每坐公交从雅舍路过总能听到"月亮田"的站名，恍惚总觉得此处应有一片秀雅如弯月的美田，在夕阳下粼粼泛着微光。目中所见却偏偏是密密高立的楼宇和繁华的街市人群，着实令人出戏，实不知其所以然。

　　幸而某一日偶于西师图书馆的一版《雅舍小品》中读到梁文茜先生的《忆雅舍》："鸡公山下有一条长长的小河，两侧都是整齐的梯田，左右两边梯田层层往下汇合在最低处，成一圆形水田，名曰月亮田，正好面对雅舍，据说这最下一层的月亮田，水土最肥，几乎是四季常青，收成最好，每到收割之时，打春之声不绝于耳，牵着水牛、穿着草鞋的村童往来田陌之间，俨然是一幅天然的图画。"原来如此。这大概便是《雅舍》一文中所谓"前面是阡陌螺旋的稻田"了。我常以为一个有文人的城市是幸运的，一个有文人"旧居"的城市是极幸的，一个有很多文人旧居的城市简直要以手加额、三呼万幸了。目下越来越钦服"读万卷书，行万里路"。文学诞生于一定情境之中，而品文学者唯有尽力回到那一情境方能有切身体会。可惜世事变迁愈演愈烈，又岂是一句"物是人非"可以说尽。近年来良田而为楼宇，荷塘而为大厦，实可谓沧海桑田。当琅琊变而为临沂，兰陵变而为枣庄，汝南变而为驻马店，你我又去何处寻那一曲梦中的菩萨蛮。幸而文人的文字、文人的旧居、文人在旧居所写的文字、文人为旧居所写的那些文字化而为长河之中的座座航标，使得我们得以午夜梦回，溯得那一段段旧时光。

所谓："逝者如斯夫，不舍昼夜。"令人既惊且喜的是，多年之后雅舍于"公路北侧山坡上"的地理尚存。依然是"雅舍所在公路往西通歇马场，往东可至北碚市里，每天公路上都有公共汽车和骑马代步的行人往来"。可惜当下虽然公共汽车繁忙依旧，"骑马代步的行人"却不知去何处寻了。而"公路南侧是江苏医学院附属医院（家父曾在此做过两次割盲肠的手术）"，则化而为重庆市九院，里面倒也贴了许多碚城的老照片，可惜未曾在里面见过"梁实秋先生做手术处"的遗迹。私以为，在大打"名人牌"的当下，此一点是大可以做做文章的。雅舍不远处"鸡犬相闻"的老舍旧居也依然如故。可以怀想"老舍就住在我们家东边。……老舍晚上经常上我们家去，闲着没事儿有时候打麻将、聊天"的老友趣事。只是老舍旧居的地理却不如雅舍这般依稀可辨，放眼望去，四面高楼如壁立，俨然成了"都市盆景"。而老舍旧居鼠患严重,老舍戏称其为"多鼠斋"。雅舍同样"入夜则鼠子瞰灯,才一合眼,鼠子便自由行动,或搬核桃在地板上顺坡而下,或吸灯油而推翻烛台,或攀缘而上帐顶,或在门框棹脚上磨牙,使得人不得安枕。……其实我对付鼠子并不懒惰。窗上糊纸,纸一戳就破;门户关紧,而相鼠有牙,一阵咬便是一个洞洞"。可见当年北碚的鼠患颇重,实可为生物学家提供"抗战时期北碚鼠患"的研究资料。而两处相邻旧居一个诞生了《雅舍小品》,另一个诞生了《四世同堂》,都可谓文学史上的皇皇巨著,有心者亦可仔细研究,著一篇《论鼠患与文艺创作之关联》。

雅舍命名的由来,据梁实秋先生说,"我和他们合资在北碚买了一栋房子,其简陋的情形,在第一篇小品里已有描述。房子在路边山坡上,没有门牌,邮递不便。有一天晚上,景超提议给这栋房子题个名字,以资识别。我想了一下说:'不妨利用业雅的名字,名之为雅舍。'第二天,我们就找木匠做了一个木牌,由我大书'雅舍'二字于其上。雅舍命名,缘来如此,并非如某些人之所误会,以为是自命风雅。"国难当头、多事之秋而不将居舍命名为"抗敌舍""卧薪斋"之类,难免会被别有用心者当做"与抗战无关论"的证据。不过,梁文茜先生亦言,"当时门牌编号为主湾10号,当时我从北平给他写信,信封上的地址都是写重庆北碚主湾10号,即可收到"。从这一点来看,"房子在路边山坡上,没有门牌,邮递不便"的缘由似乎又站不住脚。

为居所命名,本是文人的通病,而愈豁达之人命起名来越是洒脱随意。不过，梁实秋先生所述"不妨利用业雅的名字，名之为雅舍"大概不是无心之举，多半是因为这一个"雅"字与自己心中所思而贴合吧。否则何不命名为"业庐"或者"实斋"之类。所谓"雅，五行属木，从佳牙声，良禽择木，吉雅之兆。有正确、高尚、美好之意。如雅致洁净、雅致素净、雅正、雅道；舍，房屋，也有舒气之意。《史记·律书》：'舍者，舒气也'"。的解释虽难免有中学语文老师"深挖细找、务求精准"的陋习，不过"雅舍"二字一命出来，在梁实秋先生看来恐怕也有些"颇中吾心"的意味吧。否则何以在1973年出版的续集，1982年出版的三集，1986年出版的四集，虽均未在雅舍著成却依然以《雅舍小品》而冠之？足见其对"雅舍"二字的偏爱。即便雅舍之简陋与雅致、轩朗不沾边，甚或"但若大雨滂沱，我就又惶悚不安了，屋顶湿印到处都有，起初如碗大，俄而扩大如盆，继则滴水乃不绝，终乃屋顶灰泥突然崩裂，如奇葩初绽，肃然一声而泥水下注，此刻满室狼藉，抢救无及"。但正如居者所言："虽然我已渐渐感觉它是并不能蔽风雨，因为有窗而无玻璃，风来则洞若凉亭，有瓦而空隙不少，雨来则渗如滴漏。纵然不能蔽风雨，'雅舍'还是自有它的个性。有个性就可爱。"这大概便是《陋室铭》般的闲适趣味吧。

不过，借用鲁迅先生的话，"正因为并非浑身是'静穆'，所以他伟大"。梁实秋听到闻一多被害的消息之后，"他一拍桌子，说：一多怎么会遇到这样的事情呢。那棋子都滚到地上去了。因为北碚的房子是木板地，很粗糙的木板地，有很多缝，他一拍那个棋子顺缝都掉下去了，抠不出来了"。如论者所言，"梁实秋并没有闲适到'不食人间烟火色'，他的散文也没有超脱尘世，仍然不时闪射出时代的折光和现代文明的光芒。其作品中对形形色色世相的讽刺、对人生的杂感、对人与动物关系的沉思，无不表现出他的真知灼见"。有"考古"兴趣的人走到雅舍，不妨仔细在地板处探究一番，说不定幸运之至，能寻得那枚被梁先生拍到地板之下的棋子。

现而今，雅舍成了"旧居"，虽依然是"极普通的四川平房"，修葺之后那沉泥下注、"并不能蔽风雨"的风貌已无处寻找。梁先生笔下静谧的月夜和绵绵细雨倒也风味依旧。仍如先生所述，"'雅舍'最宜月夜——地势较高，得月较先。看山头吐月，红盘乍涌，一霎间，清光四射，天空皎洁，四野无声，微闻犬吠，坐客无不悄然！舍前有两株梨树，等到月升中天，清光从树间筛洒而下，地上阴影斑斓，此时尤为幽绝。直到兴阑人散，归房就寝，月光仍然逼进窗来，助我凄凉。细雨蒙蒙之际，'雅舍'亦复有趣。推窗展望，俨然米氏章法，若云若雾，一片弥漫"。实可供我们这些后人怀想前人雅趣。

时光荏苒而"不改初心"的，还有雅舍那繁盛的"蚊风"，某一日携友人游览，须臾便"两腿伤处累累隆起如玉蜀黍"。恰如先生所言，"'雅舍'的蚊风之盛，是我前所未见的。'聚蚊成雷'真有其事！每当黄昏时候，满屋里磕头碰脑的全是蚊子，又黑又大，骨骼都像是硬的。在别处蚊子早已肃清的时候，在'雅舍'则格外猖獗，来客偶不留心，则两腿伤处累累隆起如玉蜀黍，但是我仍安之"。饱尝"蚊风"之时亦不胜其扰，不过转念想起，此"蚊风"或是先生当时"蚊风"的遗种，我等后学有幸与先生同尝"蚊风"之味，同品"蚊风"之美，实在是值得浮一大白。

雅舍　国画　50 cm×50 cm

正气萧萧梅花山

北碚地处川东平行岭谷区,地形由窄条状山脉和丘陵谷地组成。除了赫赫名显的缙云山、沥鼻山、中梁山、龙王洞山四条山脉之外,城区范围内也散布着众多如珍珠一般的丘陵小山。这些小山有的名气大一些,比如北碚公园所在地火焰山;有的则隐藏在周围的繁华楼群之间,声名不显,初听地名时甚至连本地人都要挠挠头,比如北碚作协的办公地址玉合山。如今这些小山大都因地制宜,建设成了或大或小的都市公园,使得碚城人多了一处又一处的休闲好去处。卢作孚当年对北碚的美丽畅想,"皆清洁、皆美丽、皆有秩序、皆可居住、皆可游览",如今可以说已成了现实。

所谓"青山有幸埋忠骨",这些小山中有一处的得名最为特殊,声名也最显要,那就是张自忠烈士陵园所在地梅花山。

卢沟桥事变后,张自忠将军曾临危受命,代理冀察政务委员会委员长、北平绥靖主任兼北平市市长,忍辱负重,与日军周旋,因此遭受国人误解。为一雪前耻,之后他一战淝水,再战临沂,三战徐州,四战随枣,英勇抗击日寇,屡立战功。其笔端更屡屡出现"死""牺牲"等字眼。

1940年5月,枣宜会战爆发,张自忠将军任三十三集团军总司令兼第五战区右翼兵团总指挥。战役开始前,他给所属各部队长写道:"看最近之情况,敌人或要再来碰一下钉子。只要敌来犯，兄即到河东与弟等共同去牺牲……"还说："国家到了如此地步，除我等为其死，毫无其他办法。更相信，只要我等能本此决心，我们的国家及我五千年历史之民族，绝不至亡于区区三岛倭寇之手。为国家民族死亡之决心，海不清、石不烂，决不半点改变。愿与诸弟共勉之。"战斗打响后，前线部队伤亡惨重，战况不利，张自忠将军力排众议过河督战。行前，他匆匆给自己的副手写信说："到河东后，设若与179师、38师取不上联络，即带马师之三个团，奔着我们最终之目标（死）往北迈进。无论作好作坏，一定求良心得到安慰，以后公私均得请我弟负责。由现在起，以后或暂别、永离，不得而知，专此布达。"这分明是绝命书了。

1940年5月16日，日军以飞机和大炮配合轰击着鄂北南瓜店这曾经鲜为人知的小地方。到了中午，一颗炮弹突然在指挥所附近爆炸，弹片炸伤了张自忠将军的右肩，紧接着一颗流弹又击穿他的左臂，鲜血染红了军装。他强撑着给第五战区司令部写下最后一份报告，然后告诉副官："我力战而死，自问对国家对民族可告无愧，你们应当努力杀日寇，不能辜负我的志向。杀敌报国！"张自忠将军身负七伤，壮烈牺牲，1940年5月28日国民政府追授他为陆军上将，是二次世界大战盟军在前线殉国军衔最高的军人。

在确认张自忠将军的身份之后，日军在短暂的欢呼之后，全军脱帽致敬，并把将军的遗体打理好，安葬于一个山坡之上，上书："支那大将张自忠之墓"。在中国军队的敢死队来抢张自忠遗体时，日军还特意停止空袭，以避免损害将军遗体。

中国军队派人找到张将军遗体后运往重庆，路经宜昌时，十万军民恭送灵柩至江岸，其间日机三次飞临宜昌上空，但祭奠的群众无一退却。日本飞机一弹未投，盘旋而去。1940年5月28日，灵柩运至重庆朝天门码头，蒋介石、冯玉祥等政府军政要员臂缀黑纱，肃立码头迎灵，并登轮绕棺致哀。蒋介石在船上"抚棺大恸"，在场者无不动容。蒋介石亲自扶灵执绋，再拾级而上，护送灵柩穿越重庆全城。国民政府发布国葬令，颁发"荣字第一号"荣哀状。将张自忠牌位入祀忠烈祠，并列首位。28日下午，蒋介石与军政要员和各界群众在储奇门为张自忠举行了盛大隆重的祭奠仪式。1940年11月16日，张自忠将军忠骸经水路运到北碚，以国葬之礼安葬于雨台山麓，将军灵柩运到北碚后，前来吊唁的人络绎不绝，蒋介石和冯玉祥亲自扶灵下葬。蒋介石亲题"英烈千秋"刻石立于墓前，冯玉祥亲笔书写"张上将自忠之墓"的墓碑，并亲自在墓前栽植梅花树。同时又仿明代史可法墓葬扬州梅花岭之意，将雨台山改名"梅花山"。

1940年8月15日，延安中央大礼堂举行了张自忠将军追悼大会。毛泽东、朱德、周恩来分别为张自忠将军题写了"尽忠报国""取义成仁""为国捐躯"的挽词。《新华日报》在1943年5月16日这天，以第四版整版刊载"纪念张自忠将军殉国三周年纪念"的诗文，周恩来亲自撰写了代论《追念张荩忱上将》："每读张上将于渡河前亲致前线将领及冯治安将军的两封遗书，深觉其忠义之志，壮烈之气，直可以为我国抗战军人之魂……张上将之殉国，不仅是为抗战树立了楷模，同时，也是为了发挥我国民族至大至刚的气节和精神。……只有爱恨彻底，恩怨分明，我们才能不调和，不妥协，一直打到最后的胜利。"

张自忠将军死后，他的结发妻子李敏慧女士得此噩耗，悲痛不已，绝食七日而死，夫妻二人合葬于梅花山麓。

梅花山上的张自忠烈士陵园坐南朝北，地势南高北低，沿斜坡呈长方形状，林木葱郁、景象庄严肃穆。陵园分布有绿化区、瞻仰区、纪念广场、张自忠铜像、抗战文化群雕等。最高处是张自忠墓冢，中间是花坛，花坛下为广场，广场左右分别为"张自忠生平纪念馆"和接待室。墓茔依山而建，坐南朝北，以条石镶边，青石砌拱封顶，形成全封闭的半圆弧形，高2.64米，周长21米。墓前为冯玉祥所书"张上将自忠之墓"碑，两边出入口中间矮墙嵌有冯玉祥将军书"梅花山"三个隶书大字石刻，每字一米见方。墓地右旁为张自忠弟弟张子明书写的"先兄荩忱上将墓表"，楷书阴刻，共316字，读完让人肃然。墓地左、右、后三面，有片石砌成的围墙，高1.6米。正前方有石门柱及铁门，进入铁门有四级石梯步，再下有新修的石梯34步，两边是植树种花的绿化区。墓地占地3267平方米。纪念广场上建有张自忠将军戎装雕像，高大英武。纪念馆内的主要展览内容包括：张自忠履历、生前参加过的战役、牺牲后国共两党及各界人士祭奠活动以及新中国成立之后将军殉国日各界举办的纪念活动等。抗战纪念广场建有浮雕墙，长23米，高4米，有25个人物形象，主要反映反法西斯战争的场景，背景红砂石寓意长城，抗战将领保卫山河、保卫国家，红砂石形状为"1940516"，为将军牺牲的时间。

1991年，张自忠墓被国务院命名为国家级革命烈士陵园，是全国第一批重点烈士建筑物保护单位，全国爱国主义教育基地。2019年10月7日，张自忠墓入选第八批全国重点文物保护单位名单。

于纪念馆内阅览完将军英武豪迈的生平，再拾级而上，一路祭奠完英魂安眠的墓园，一股肃穆沉静的气氛油然而生，尤其两边落叶飘飘而落，坟茔前常见祭奠者的白花，深邃宁静的墓园之中，更能感受军人之魂，气壮山河！

书声琅琅天生桥

有一种说法，北碚是重庆的后花园，西南大学是北碚的后花园。而西南大学这座"后花园"的一系列校门就分布于长长的天生路上，学校的地址是天生路2号，天生路1号则是曾经的西南农业大学旧址。

2014年，重庆轨道交通6号线开通，北碚迎来了"轻轨时代"，其中西南大学2号门附近的站点命名为"天生站"。毗邻大学的天生站是人们出入大学的重要站点，也是最方便的站点，于是成了众多新生与大学初相逢时的首选，更是对北碚、对西南大学的第一印象所在。人们惋惜这一站没有被直接命名为"西南大学站"，但是随着时间推移，却又惊异于"天生"这一名称的优美和诗意充沛，开始习惯并喜爱起"天生"来。2016年，西南大学迎来了组建10周年暨办学110周年校庆，见证了不少西大学子青春回忆和美好校园爱情的"天生站"成了热门话题。

西大几乎每个学生都曾在朋友圈发过"你来这里找我吧，那样我们就是天生一对了"的文案。毕业季，西南大学校团委"青春西大"拍摄的毕业MV《天生之约》，每年都会刷屏。校园里，不少学子都有"6号线天生站"纪念钥匙扣。"天生之约，不见不散"更成了学校招生的绝佳宣传。"天生"二字逐渐加在了越来越多的名称之上，比如西师出版社的"天生文学""天生数学"微信公众号。

2019年，重庆市轨道交通（集团）发布消息，12月1日起，根据市级主管部门要求，结合轨道站点500米范围内具有唯一性的历史文化地标建筑的命名原则，6号线"天生站"更名为"西南大学站"。消息一出，人们反而遗憾连连，激发了怀念之情，依依不舍起"天生"这个曾令外地学生坐错站的唯美诗意名称来。

"天生"，天然生成，命中注定。从何而来呢，源自天生桥。喀斯特地貌丰富的重庆本来就有很多天生石桥，比如著名的世界自然遗产武隆天生三桥。天生路上的这一处天生桥却"有名无实"，车来车往，走来走去哪里看得到石桥的影子？据《重庆市地名词典》解释，天生桥，在北碚区北碚西南部，泛指天生文化村、麦田村、黄树村、天生路一带。以此地周家岩上有一天然石梁如桥得名。地势平坦，系抗战时期新建居民区，呈块状聚落。多为砖木结构平房和砖混结构楼房。西南师大、西南农大、五一研究所等设此。1952年和1981年曾出土恐龙化石。

著名文化学者郑劲松在《天生桥上没有桥》一文中说，早些时候，天生路一侧"红石村"宿舍群下有一片延绵几公里、高约百米的山壁。山壁之上有三个巨大的天然凹陷，远处观望就好似一座雕刻在一块巨石之上的拱桥，因而有了"桥"的说法。石壁另一侧坎下不远处就是嘉陵江的小支流——自中梁山不远百里蜿蜒而来的龙凤溪。从遥遥相对的北碚火车站看过来，结合着坎下流淌的龙凤溪，真有些"人在桥上走，水在桥下流"的浪漫。

北碚宿儒万启福在《天生桥　桥在何方》中说："天生桥的原始地点在哪儿？我得出的地点是距离石牌坊很近的那道周家岩瀑口石梁。周家岩屹立在龙凤溪边，从石房子延至西师大门（现西南大学2号门）那个悬岩口，是个宽泛的概念，月亮田、天生桥的人都这样称呼。从石牌坊到悬岩瀑口那道石梁，实际是周家岩的余脉，地势较低，高的地方在黄桷村与红石村之间的石房子一带。那条小溪沟发源于缙云山麓，顺着地势由高向低流向周家岩岩口。石牌坊下原来有一条石板路，这是一条由歇马通向北碚城区的古道，石碑坊是必经之地。石牌坊下那道石梁的端头斜伸向小溪，水少时一步就可以跨到溪沟对岸。久而久之，人们便把这石梁叫作天生桥。这个地方在1937年青木关至北碚的碚青公路修通之前，很容易看见。公路一修通，走老路的人少了，天生桥老石梁便渐渐被人们所淡忘。"

天生桥那据说因爱情而建的石房子，清道光年间奉旨而建的吴氏贞节牌坊，惜乎均已不存，而那道形似天生桥的石梁，先后修了打煤球的作坊、街道工厂，后来被改造成一个娱乐场所，于是天生桥上真的没有桥了。

岁月如梭，地名反复变迁，或许使得后来人越来越模糊了前址的模样，心生困惑，乃至迷失了回家的方向。那不绝如缕、念念不忘的深情，却总延续永存，逗留心间。

虹彩炫目彩虹桥

"桥都"重庆从来不缺少的,就是桥。

彩虹桥是西南大学5号门附近的一座过街天桥。西南大学从文星湾附近的5号门到双柏路附近的8号门这段路大约有三公里长,分为天生路和渝南路两段,路一侧是校园,分布着西南大学从1号门到8号门的各个校门,另一侧除了试验田、家属区之外,就是商圈了。

天生桥附近的天生丽街,繁华热闹,有永辉超市、各种大大小小的食店以及花样繁多的休闲娱乐设施,是西南大学南校区师生们消遣娱乐的首选。相对应的,北区师生们所常去的,则是彩虹桥附近那一片。彩虹桥地近北碚老城区,同样建有永辉超市和花样繁多的休闲娱乐设施,中山路商业区的重百二店旁边曾建有一个小雕塑,上书"北碚解放碑"几个大字,那个雕塑近些年才消失不见,足可得见其在北碚老城区人们心目中的地位。

彩虹桥虽并不显赫,修建于2001年的它更谈不上"历史悠久",但和天生桥相似,彩虹桥也是沟通象牙塔和繁华十字街头的重要纽带。彩虹桥的一侧是校内理发店、打印店、邮局、超市、文具店等各类小店挨挨挤挤的西师街。沿着西师街口那缓缓的斜坡,举步迈过数级台阶便踏出了校园,登上了彩虹桥。作为过街天桥,彩虹桥并不宽,但这不宽的小桥上常常稀疏地摆着几个小摊，水果摊、小吃摊、卖袜子袖套的杂货摊、"祖传贴膜"摊不一而足，寒冬时节，还有数枝蜡梅倚着栏杆，淡淡暗香熏陶着往返校园市井的人群。缓步而下，走完几步不算太长的台阶便是热闹繁华的"梧桐街"商圈了。桥边高高的崖壁上爬满了青苔和种种绿植，初到重庆的人，尤其是北方人见得此景，每每惊叹。

小小的彩虹桥却很美，桥梁笔直瘦削，桥身上架起了一道粉红色的圆弧，仿佛一道虹彩从桥上升起。每逢节日时，彩虹桥上总挂满了种种横幅装饰，尤其年节那几天，那挂在桥上的灯饰更是一年比一年出彩出奇，使得彩虹桥越发虹彩炫目。弯弯如桥的彩虹历来充满了人们对沟通、连接的寄托，在希腊神话中，彩虹女神伊里斯是沟通天上与人间的使者。人们对彩虹桥的喜爱乃至怀念可能就是源于它沟通校园内外的这一功用吧。

曾经有一段时间，每到中午时分，在彩虹桥上总能听到悠扬的小提琴声。那是西南大学的保安大叔曾大珩在练习。曾大叔当时年近六旬，是西南大学保卫处的安协员。2007年起，从机械厂下岗的曾大叔来到西南大学当保安，负责校内的治安保卫工作。

他并没有真正学过拉小提琴，完全是兴趣爱好，却从20世纪70年代起坚持至今，爱之弥久，自娱自乐，成了他生活的快乐所在。但是他那乐观专注的态度和悠悠扬扬的琴声，却吸引了众多的听众，"商贩听到他的琴声后，要拜他为师；大学生看到他的专注后，也希望跟他学拉小提琴"。

2013年,他的事迹被《重庆晨报》报道,网友感慨四起,广为传播,更有爱好者想得到他的联系方式,以接受他的指导。名不见经传的小小彩虹桥,也借此红火了一把,在报章等各种媒体上留下了那虹彩炫目的倩影。

北碚有个大学城

说起北碚的地名,自然是绕不开西南大学的。

西南大学主体位于重庆市北碚区,坐落于缙云山麓、嘉陵江畔,占地8000余亩,校舍面积165万平方米。这面积堪比一座小型城市,从最南端高速公路出入口的8号门一直到文星湾的5号门,几乎怀抱了整个北碚老城区。按面积来排名的话,西南大学的占地面积在全国来说尚难拔得头筹,但很多学校都是以若干分校区合并计算,若论连成一片的单体面积的话,西南大学主体的占地面积实在是算得上魁首的,也的确是单体的"大学城"。

从5号门到8号门的距离,也基本上是从老城到离开北碚的距离,在这片堪称"广袤"的校园里,建有校门8个、教学大楼40余栋、主要图书馆3个、运动场5个、体育馆3个、游泳馆3个(其中恒温游泳馆1个)、篮球场3处、网球馆2个、食堂10余个、校医院2个、湖泊5个、广场8个、花园10个,还建有校史馆、自然博物馆、历史博物馆、天文馆、地质馆、光大礼堂、学生活动中心、理科实验大楼、留学生大楼、跆拳道馆、宾馆、影院等等。

校园内还有多所历史文化建筑,有川东行署旧址、吴宓旧居等重庆市文物保护单位。2009年,原西南师范学院第一教学楼、第二教学楼,原西南农学院第四教学楼,川东行署旧址（行署楼）、八一楼、中国科学院重庆土壤研究室旧址（侯光炯纪念馆）等 6 处建筑入选《首批重庆市优秀近现代建筑名录》。2016 年，学校文学院、化学化工学院、三十四教学楼、八一楼、中国科学院重庆土壤研究室旧址（侯光炯纪念馆）等 5 处建筑入选《重庆市第一批优秀历史建筑名录》。

为方便出行，校本部建有七条校园交通车线路，连通了桃园、李园、杏园、橘园、梅园、楠园、竹园等宿舍区。校园内曾流传有一则笑话，一个住在橘园的女生拒绝了一个住在竹园男生的求爱，其理由就是："不喜欢异地恋。"

在这片校园里，绿地率达 40%，站在中心图书馆顶望去，整个校园都似漂浮在一片绿海之中。

2005 年，西南师范大学、西南农业大学合并组建为西南大学，开启了学校发展的崭新篇章。

学校内现有 36 个学院（部），105 个本科专业，其中国家级特色专业 20 个、重庆市特色专业 43 个。现有在校学生 5 万余人，其中普通本科生近 4 万人，硕士、博士研究生 1.1 万余人，留学生 2000 余人。

诗人黄亚洲曾动情地为西南大学写过一首诗《西南大学》：

我首先要用城市的概念，切入西南大学
她的面积让我想到平原、草原和海面
我若是一朵细小的浪花
一次周游，请求给我三年时间

我愿意结识她的七万少男少女

这是学子,她捧在心尖尖的家庭成员

于是她用七路电瓶车,制作校园的翅膀

用五座运动场,打造草原的矫健

我在大学里路过中学、小学,甚至两座幼儿园

教师,是坚守这座大海的礁岩

我在树林和草坪之间,一再看见

夕阳和无怨无悔的太极拳

我更愿意提及那次全国校园环境的评选

校园面积全国第一的西南大学,无愧地夺冠

我想评委一定都是雄鹰和云雀,他们喜欢圣洁的草原

评委也可能都是鸥鸟和珊瑚,他们热爱纯净的海面

我也愿意在历史的断层里,提取西南大学的切片

"川东教育学堂",那应该是光绪三十二年

后来又变身为女子学校,那是民国年间

或许,就因为双性的丰富,她的发育难以置信地强健

在校园里,我栖落了两夜。这座文化的森林

给了我一只小小鸟窝的温暖

我是清晨时分离开的,那一刻校园万鸟齐鸣

一曲时代的新鲜乐章,至今,撼动着我的心弦

对于碚城人,特别是对西大人来说,北碚的地名绕不开西南大学,就算已经合校了十几年,有些人还是不习惯南校区、北校区的称呼,还是愿意称"西师""西农",而在标识

某一位置的时候,也习惯于说"5号门"附近、"1号门"附近,北碚是一座城,西大好似一座小小城,一部校史更是半部北碚史,在未来的岁月中,怕是分也分不开了。

风骨铮铮状元碑

科举制度存在的一千三百年间，巴渝出了两个状元。重庆望龙门解放东路与二府衙相交处曾有一座状元桥，作为上、下半城之间的重要交通节点，也是当年的城市地标之一。并因此衍生出一条"状元桥街"，不过那座桥现在已经被埋在公路下面，不见踪影。下半城还有一座双状元碑，也是重要的地标。清乾隆《巴县志》："双状元碑，在县学……系嘉靖中郡守昆明黄凤祥为绍兴状元冯时行、开禧状元蒲国宝立。"绍兴、开禧均为南宋年号，双状元碑明代中期在县学树立，并保留到清代。

北碚也有一座状元碑，所纪念的是巴渝第一位状元冯时行。轨道交通6号线在北碚城区有"状元碑站"，轨道站有"轨道站点500米范围内具有唯一性的历史文化地标建筑"的命名原则，对于"状元碑站"来说，名副其实，因为这里真的有一座状元碑。北碚的"状元碑"是明万历年间，观吏部政胥从化因被冯时行事迹所感动，专门来到缙云山麓状元故里，所立碑刻上刻有"状元乡"三个大字，直至1937年修建公路时被凿毁。时光推移，这里便形成了"状元碑"这一地名，并流传至今。2005年10月，消失了近70年的"状元碑"在渝合高速公路北碚入口处附近的康宁路1号被重新竖立起来。"状元碑"外形古朴凝重，酷似一座小山峰。高5.8米，最宽处达4米。正面镌刻"状元乡"三个大字,取自颜真卿书法字体,背面是此碑的一个传记。

冯时行,字当可,号缙云。北宋元符三年(1100年)出生于恭州(重庆)乐碛(今渝北洛碛),从14岁至22岁苦读于缙云山,故号缙云。至今缙云山还建有冯时行的铜像和洗墨池八角井。宣和六年(1124年)冯时行中状元,成为四川、重庆科举历史上的第一个状元,年仅24岁。他因得罪奸相蔡京,被长期赋闲,不得任用,遂到缙云山置田地,建房办学,"坐废"17年之久。直到南宋高宗建炎元年(1127年)才放任奉节县尉,接着历任江原县丞、川陕左奉议郎、丹棱知县、万州知府等职。因反对与金议和,力主抗金,多次遭贬,甚至罢官削职,除名《大宋状元录》,秦桧死后,因功擢升至右朝请大夫、提点成都府路刑狱公事,南宋隆庆元年(1163年)卒于雅安任上。著有《缙云文集》43卷,《易论》2卷。

冯时行一生为人清正,品性高洁,博学多才,用法严明,关心民众疾苦,兴利革弊,特别是他忠君爱国,时时不忘抗金收复失地,在朝野享有很高的威望,不但被朝廷封为"俎豆侯",而且雅州民众还集资七十万钱,为他立祠庙。《古城冯侯庙碑》载:"大众斥七十万钱,缚屋二十五盈,中为堂,塑侯像,挟以两庑,民岁时歌舞其下,水旱厉疾,必祷侯。"

状元碑是对北碚独特文化气质和精神内涵的一种延续。在地名管理部门的辛勤努力下,状元碑周边还多了冯时行路、状元路、状元碑社区、状元小学等一系列地名,可见人们对冯时行这位状元的喜爱和倾仰。

绿野仙踪金刚碑

山城重庆两江汇聚，两江之上更有乌江、涪江、綦江、大宁河等一系列江河，江河之上每每有渡口，人流穿梭不息的渡口，更容易形成古镇古街。所以，重庆所不缺的就是古镇古街，除了声名显赫、人声鼎沸的磁器口，几乎每一个区县内都有古镇或古街。北碚自然也是如此，山水之间散布着或大或小的古街古镇，其中较出名的有两个，一个是偏岩古镇，另一个则是金刚碑古街。

北碚的缙云寺是迦叶古佛道场，相传他到缙云山建寺之时，有金刚力士前来协助，道场初成，却在嘉陵江边遗漏了一块巨石，那巨石七米多高，二米多厚，状似一碑，深入嘉陵江，当地人俗称为"立石子"。唐人曾在其上题刻"金刚"二字，人称"金刚磕"，又称为"金刚碑"。

缙云山煤矿资源丰富，金刚碑自然因煤而兴。最早的金刚碑不过是一个偏远的小山村，早在三百多年前的清康熙年间，一些山民去缙云山运煤，到金刚碑搭上嘉陵江的航船，将煤远销外地。于是渐渐有人在金刚碑建房居住，后来的缙云山南坡小煤窑星罗棋布，煤炭业日益兴旺，到清同治年间，金刚碑作为产煤、运煤、销煤的水陆码头和中转站繁华日盛，街内米行、油行、酒坊、茶馆、客栈、铁匠铺挨挨挤挤多达几百家，成立了以煤、盐、船、驮、牛、马为首的行业帮会

"七帮会"。船主、帮主、煤炭商、力夫们就在街内溪河两岸半山腰，建起了一座座穿斗青瓦房，简朴适用，一楼一底的石头墙、土墙、竹木夹壁墙的老房子，石灰粉刷，依崖而建，独具巴渝特色。青瓦房随山势蜿蜒曲折，分布于2米宽、500米长的青石板街道两旁。

和北碚的很多地方一样，金刚碑也是在民国时期迎来了自己的高光时刻。不过有人说，合川人卢作孚之所以选择北碚这个"江巴璧合"交界，匪患出没的小乡场作为自己的"嘉陵江三峡乡村建设实验区"，正是因为金刚碑渡口那丰富的煤矿资源可以提供充足的赋税支持。民国时期的金刚碑沿街河两岸已有商店、货栈千余家，煤窑沿山排开，挑夫摩肩接踵，江岸帆樯如林，生意一派兴隆，形成了姚家院子、熊家院子、郑家院子等几家较大的民居建筑群。

金刚碑地理环境独特，深藏在不太宽的山坳之中，形如"U"字，左右两侧都是护山环绕，重重护卫，中间部分地势宽敞，且被嘉陵江流水环抱，形成了一个"枕山、环水、画屏"的"椅子形""形胜之地"。更有繁茂浓郁的植被，自然成为躲避空袭的绝佳所在。抗战时期，这里吸引了抗战期间国民党中央部级以上单位13个，下属中央局处级单位30多个，更有一大批著名经济实业家、史学家、文学家、社会活动家寓居金刚碑，名人云集，人文荟萃，热闹非凡，仿如集镇，把金刚碑的繁荣推向了顶峰。书法家谢无量，大学者孙伏园、陈子展、吴宓等众多文化名人寓居于此，教育家梁漱溟还在金刚碑兴办了"勉仁书院"。国民政府统计局搬迁至金刚碑，为抗战的胜利做出了不可低估的贡献。曾任国民政府行政院院长的翁文灏也曾寓居金刚碑，当时的中国石油大王孙越崎，还在金刚碑创建了"中福公司"。一时之间，嘉陵江边的金刚碑人气兴旺，文教繁盛，号称"小北碚"。

因煤矿和航运兴盛的金刚碑，随着缙云山煤矿资源的枯竭和嘉陵江水运的没落而衰落，曾经的繁华被雨打风吹去，那些土质或木质结构的房屋，渐渐年久失修，居民外迁，2009年政府牵头全面拆迁之后，这里更是彻底荒凉，甚至被人遗忘。两旁山壁上的那些繁茂绿植逐渐侵蚀着断壁残垣，覆满墙头屋顶，曾经人群簇集的金刚碑居然宛如绿野仙踪般的童话世界。然而这样独特的金刚碑却又充满了另一种神秘的魅力，开始时是那些探秘者，后来则是摄影爱好者、画家们，再后来又成了《诡医录》《风云年代2》等一系列影视作品的取景地。于是金刚碑又再次热闹起来，曾经荒废的茶馆也重新营业，成了人们周末休闲打卡的好去处。

现而今，金刚碑已修缮一新，风景依稀，台阁"修旧如旧"。一个崭新的金刚碑亮相嘉陵江畔，再一次吸引了人们的目光，成了又一处"打卡"胜地。

夜雨寄北温泉寺

山城重庆温泉资源丰富，有很多出名的温泉，但最出名的还是要数北碚的北温泉。在北碚不仅有以温泉为名的温塘峡，还有一座以温泉命名的温泉寺，从历史上来说，更是先有温泉寺后有北碚城。温塘峡畔原有一泉，名大蟒泉，相传此处原有巨蟒为妖，骚扰四方，刚好有真人经过，遂以术驱赶，并立寺于此，因有温泉，遂名温泉寺。

传说毕竟玄远虚幻，有记载说，温泉寺始建于南北朝刘宋景平元年（423年），是缙云寺的下院，北临嘉陵江，南依缙云山。南北朝时佛教兴盛，"南朝四百八十寺"的盛况想必不会偏爱江南一隅。北温泉地处温塘峡口，渡口便利，更有三股泉水自石孔中喷涌而出，股股泉水似串串银珠，顺着垂于陡岩的黄桷树根飞流而下，好似苍龙飞瀑。清乾隆《巴县志》载："出江岸攀石蹬曲上，至温泉寺。石壁万仞，古树虬蟠，云根泉泻，分窦而出，与松涛相应，水清澌无沉点，无磺气。昔人迎流砌池，方广四丈许，上翼一亭，严冬可浴……泉流绕万丈，至大雄殿前汇为大池，沸水中绿藻参差，赤鱼游泳，复转回廊至山门外，悬岩作瀑布，鸣玉飞雪，穿云而下，殆为各温泉之冠云。"

如此胜景，自然容易吸引高僧驻锡。宋元年间，高僧志公爱其幽静，曾挂锡于此。景德四年（1007年）宋朝敕赐

"崇胜禅院"。温泉寺从此相当兴盛。

温泉寺为临济正宗传承久远。13世纪初因山岩崩塌而毁坏，现有的温泉寺于明宣德元年（1426年）由寺僧真金和尚重建大佛殿、接引殿，塑如来、罗汉等像。真金逝世后，其徒僧祥海续建说法堂、香积堂及前后阶墀、东西两廊、山门、桥道等。明正统八年（1443年）僧永灯、永刚又扩建温泉寺所阙至完备。其时温泉寺已具相当规模，成十方丛林寺院，建筑面积比现在大两倍余，僧员百余名，寺年产三千担（租谷）。盛极一时，富甲一方。明末兵乱，寺院又有缺损。清康熙五十三年（1714年）又有将大佛殿换梁、换柱等工程，修缮一新，自下而上，四殿相接，肃穆壮观。清同治二年（1863年）又将观音殿换成铁瓦石柱，故又名铁瓦殿。温泉寺红墙绿树，气象庄严。寺左石刻园尚存宋朝摩崖石刻罗汉像残躯、明朝碑刻和盘龙塔等珍贵历史文物，寺内现存各类碑刻七块，另有五百年银杏树和罗汉松挺立寺旁。

温泉寺位于嘉陵江小三峡中最秀美的温塘峡口，九峰滴翠的缙云山脚下，无论是从水路游览完风光绝伦的嘉陵江小三峡，还是登览完猿声呼啸的缙云山，温泉水暖的温泉寺都是游览休憩的最佳选择。千百年来，文人墨客纷至沓来，并多有题咏。《重庆府志》称："温泉崇胜寺在峡西南，题咏石刻林立。"《璧山县志》云："有泉涌出如汤，沸腾可浴，游人题咏甚众。"唐进士司空图、北宋宰相丁谓、理学家周敦颐、南宋状元冯时行、清康熙大学士张鹏翮等均留下了很多诗篇。

1927年，卢作孚在温泉寺旧址创办了嘉陵江温泉公园，增建了温泉泡池、浴室、餐厅等旅游设施，于是便有了中国最早的平民温泉公园。公园建成后，有众多名人在此下榻——抗战时期，蒋介石、林森、周恩来夫妇曾多次来此住宿，1949年后朱德、董必武、邓小平、刘伯承、陈毅、聂荣臻等都曾在此住过。"农庄"是园中最早的一幢别墅，当年冯玉祥、陶行知常在此下榻。抗战时期，一批文化单位如中华辞典馆、中华教育电影制片厂、国立社会教育学院专修科、育才学校、世界百科全书编刊委员会、中华书局编辑所等迁入园内；一批文化名人如陶行知、邹韬奋、邵力子等在这里活动，使公园成为科学文化活动的重要场所。黄炎培、林森、冯玉祥、老舍、田汉、夏衍等都曾在此留下佳篇。1982年国务院将北温泉列入缙云山国家风景名胜区范围。

众多名人流连的北温泉，自然故事众多，仅举两个例子。其一，据后人考证，唐大中二年（848年）李商隐曾来北温泉游览，泊船于金刚碑的大沱口，夜半阴雨水涨，阻碍行船，于是就有了那一首国人耳熟能详的《夜雨寄北》，"巴山夜雨涨秋池"，"巴山"自然指缙云山，因气候原因，缙云山每多夜雨，本是一种常见的自然现象。温塘峡口的大沱口是停船的绝佳港口，可是秋雨时节上游的合川三江汇流，浩浩汤汤涌出温塘峡口，极易水涨阻船，理所应当"君问归期未有期"。所谓的"秋池"自然是指这大沱口了。若是窗外的小池塘，哪里又能挡住思乡的航船呢。那时的金刚碑声名未显，李商隐所借宿的很有可能就是古刹温泉寺。

另一个则是南宋开庆元年（1259年），元宪宗蒙哥率军攻打合州钓鱼城，中炮风死于温泉寺中。明万历《合州志》载："元宪宗为炮风所震，因成疾，班师至愁军山，病甚……次过金剑山温汤峡而崩。"从此，温泉寺之名，列上正史。这一段历史被金庸先生借鉴在《神雕侠侣》一书之中，加上影视作品的传播流布，于是几乎人人都以为蒙哥大汗是被神雕大侠以飞石击死在襄阳城下。虽然金庸先生在小说第三十九回末尾写有小注，引述史书，并解释自己移此至彼的缘由是"为增加小说之兴味起见"，但那个先入为主的印象要想扭转，又谈何容易。

温泉寺　国画　68 cm × 45 cm

数帆楼外数风帆

黄炎培有诗云:"数帆楼外数风帆,峡过观音见两三。未必中有名利客,清幽我亦泛烟岚。"

诗中的数帆楼,就在如今重庆北碚温泉峡畔的北温泉公园内。

抗战时期作为"陪都的陪都"的北碚,经过卢氏兄弟的多年经营,已成为环境幽雅、设施齐备、万象更新的一座新城,加之境内环境优雅,既有"洋洋融暖玉,浩浩走惊雷"(郭沫若《晨浴北碚温泉》)的北温泉,又有"无尽江山胜,都归一览中"(太虚法师五律)的缙云山,自然名流繁多,几如过江之鲫,于是乎在小城北碚的地域内就留下了众多的私人公馆和花园。譬如林森的"主席避暑山庄"、高坑岩的孙科别墅、孙元良的"花房子"、翁文灏和孙越崎共同修建的灏崎公馆……

这些名人旧居,很多都留存了民国时期的建筑特色,而风格多样,各有千秋,"斯是陋室,惟吾德馨",这些名人旧居也因近代史上一批名人的居住而染上了浓厚的人文气息。时光荏苒,岁月如梭,时至今日,这些名流曾经生活工作过的故旧居及相关遗存多数都还算保存良好,有一些甚至在大潮中焕发了新的生机。

北温泉景区内的数帆楼,正是这些名人旧居中的代表。

数帆楼建于 1930 年，依山临江，凭栏眺望，可见江中点点白帆，故名数帆楼。此楼石墙木楼瓦顶，一楼一底，每层 8 间，共 365 平方米。抗战时期，周恩来、朱德、董必武、吴玉章、刘伯承、叶剑英等老一辈革命家和蒋介石、蒋经国、蒋纬国等国民党要人均曾在此下榻。

周恩来总理曾来过北碚三次，第一次是 1940 年 9 月，周总理偕邓颖超，由陶行知先生陪同专访育才学校，在数帆楼住了一晚，并在此接见了刚从上海经香港转赴北碚复旦大学的陈望道。随后，又有许多住在附近的文化界和科教界知名人士闻讯赶来，大家在一起亲切交谈，久久不愿离去，周总理还在此发表了振奋人心的抗战演讲。1958 年，成都会议后，周总理再次来到北温泉数帆楼，在此接见了很多青年学生。1959 年春，周总理第三次来到北碚。由李井泉、任白戈等陪同，游览了北温泉之后，到北碚公寓吃午饭休息。

所谓"奇楼必有奇事"，与众不同的是，数帆楼的营建背后还有着一个极有趣的故事，这个故事和著名的"傻儿师长"范绍增有关。

卢作孚在此修建北温泉公园时，范绍增常来缙云山打猎，下榻北温泉时，喜欢同一干人打麻将。卢作孚趁机告诉他们，你们打牌所抽的头钱，将在公园内建一幢别墅。后来见抽头甚少，这得攒到何年何月？于是范绍增等自行决定，输的钱照付，赢的钱全部留作建房基金，如此一来积存了 3500 元，建成了这座数帆楼。北温泉景区内除了数帆楼外，还有柏林楼、农庄、磐室和竹楼共五大名楼，以后的岁月里它们接待了灿若繁星的名人政要、文人墨客，更在其中诞生了《棠棣之花》《屈原》《塞上风云》《水乡吟》等一系列皇皇巨著、名篇佳作。

1936年初，黄炎培先生专程造访北碚，下榻于北温泉公园数帆楼。他后来在文章里写道："尤为可贵，在北碚以上温泉峡，有温泉公园，布置得着实不差。六七座山楼中间的一座，名数帆楼，坐在中间，望着碧绿的山峰，碧绿的江水，一道一道风帆，使人'悠然意远'。一听到几十位船工发出一种劳动家的呼声，又不能不想到《大路曲》《渔光曲》《伏尔加曲》种种凄凉意味。"随行众人离开后，他又留在数帆楼，多住了一夜，共留宿三晚。除作了二十行七言诗《温泉峡》外，他还吟咏了《北碚温泉公园三宿留题》七首绝句。其中二首诗云：

其一

嘉陵江水碧于油，夹岸春云嫩不收，
劳者有声谁会得，清宵幽怨棹人讴。

其二

数帆楼外数风帆，峡过观音见两三，
未必中有名利客，清幽我亦泛烟岚。

数帆楼　国画　50 cm×50 cm

巴山夜雨　缙岭云霞

　　家居缙云山下，举目所望，便是缙岭云霞。清人王尔鉴有诗云："蜀山九十九，萃此九峰青。霞胃悬丹嶂，云开列翠屏。光华歌复旦，肤寸遍沧溟。更孕巴渝脉，人文毓秀灵。"所咏的正是这"缙岭云霞"。

　　"缙岭云霞"号为"巴渝十二景"，盖因缙云山九峰滴翠，常年水汽蒸腾，云雾缭绕，日出日落之际，阳光映照，色赤如霞，姹紫嫣红，五彩缤纷，古人称"赤多白少为缙"，故名缙云山。阴雨时节，山间白云缥缈，似雾如烟，郁积磅礴，气象万千。下观为云，山间为雾，漫步山间林下，呼吸间尽是清新冷冽的白雾，行走间如踏云里雾中，恍惚如坠仙境。

　　雄峙嘉陵江温塘峡畔的缙云山是七千万年前"燕山运动"造就的"背斜"山岭，最高峰海拔高达九百余米，为重庆主城最高点，古名巴山，与嘉陵江小三峡、合川钓鱼城一起，被定为首批国家级自然风景名胜区。其实缙云山脉横亘重庆山城，并不为北碚所独有，然而北碚段的缙云九峰却最为秀美，惹人垂青。有诗赞曰："狮子摩霄汉，香炉篆太空，朝阳迎旭日，猿啸乱松风。石照三千界，莲花七窍通，玉尖如宝塔，更有聚云峰。"缙云九峰奇峰耸翠，林海苍茫，又各有千秋，云集了巴山蜀水的幽、险、雄、奇、秀等突出特征。

　　"巴山夜雨"于缙云山而言，更不是一个"虚词"。缙云山水土涵养丰厚，山林郁郁葱葱，达一千多公顷，生长着两千多种植物，包括猴欢喜、无刺冠梨、缙云琼楠、伯乐树、银杏、红豆杉和飞蛾树等珍稀植物，以及一亿年前即存在的古生物物种，世界罕见的活化石树——水杉。林木蓊郁的缙云山，空气润湿，年平均降水量一千六百余毫米，春秋两季间的夜雨比例高达75%以上，白日蒸腾的绵绵水汽，入夜便化为淫雨霏霏，雨打芭蕉，随风入梦，惹人相思。唐代诗人李商隐名篇《夜雨寄北》中的"巴山夜雨涨秋池"，于缙云山而言，恰是一种寻常不过的自然天象。

所谓佳山必有妙水，缙云山不唯有清雅秀美的缙云九峰，嘉陵江一湾碧水如玉带环绕，更有黛湖如一捧无瑕翡翠横卧山间。缙云山脚还有使人"气浮兰芳满，色涨桃花然"的北温泉。

经过综合整治的缙云山，山水林田湖草得到了系统修复，并最大程度恢复了曾被破坏的自然生态功能。一条蜿蜒的彩色公路盘旋山间，空气越发清甜，山林越发幽静，缓步慢行之际心旷神怡，尽享绿水青山。登临绝顶，极目远眺，可见掩映于一片翠色中，如小舟般漂浮于林海的缙云寺、温泉寺；可见嘉陵江蜿蜒如玉带，八桥叠翠飞架如虹；可纵览北碚区老城、新城全貌，夜间华灯初上，群星闪烁，上下辉映，极致繁盛。真是"无尽江山胜，都归一览中"。

三花石与花房子

沿着212国道一路向前，路过北温泉之后不远，就来到一个岔路口，往左往右是前往缙云山的缙云路，继续向前则是去往澄江了。此地名为"三花石"，恰是起承转合的重要所在，店铺林立，人流如织，甚是繁华。

初登缙云山，第一次听到"三花石"的名字总以为是"三生石"，觉得极美，怀疑又有一段凄美的爱情故事藏于此地，等看到写有"三花石"的公交站牌，才晓得是自己耳拙，自作多情了。

其实"三花石"的名字远比随着各种爱情故事泛滥的"三生石"更加优雅动人，让人联想到一座开满鲜花的巨石，顽石生花，立于秀美嘉陵江畔，实在醉人。

"三花石"地名的由来，依古老传说，是因此处临近嘉陵江，水势平静时，可见江边近水处有礁石三块，状若花瓣，遂得此名。然而三花石街道上却没有看到与之相关的景致，设若学习狮子峰塑金狮的巧思，同样立一块生花石刻在此，想必也会是一处佳景吧。

此外还有一种说法，认为"三花石"地名的由来与此地的一栋别墅有关。三花石的四川省总工会重庆北温泉工人疗养院内有一栋会"开花"的"花房子"，是一栋一楼一底的德式别墅，占地面积1050平方米，称作"将军楼"，是抗战时期，国民党将领孙元良修建的。别墅系石头砌成，青灰色的墙面上金黄色的石头错落凸出，其轮廓犹如花朵，由此得名"花房子"。1949年至1950年间，梁漱溟先生曾寓居此处，他写书、讲课，在此写下了著名的《中国文化要义》等作品，并于此致力于勉仁中学、勉仁书院、勉仁文学院的建设，更以民盟负责人的身份从监狱里救出了许多共产党员和民主人士。

"花房子"一侧紧邻212国道，另一侧则是嘉陵江畔的绝壁，虽身处闹市，却风景宜人，安静秀雅，隐藏在环境清幽的北温泉疗养院内，颇得"结庐在人境，而无车马喧"的隐居妙趣。

2013年，"花房子"作为梁漱溟旧居，随嘉陵江三峡乡村建设旧址群入选全国重点文物保护单位。

2015年6月，孙元良之子、影星秦汉，在纪念世界反法西斯及中国抗日战争胜利70周年之际，应凤凰卫视《我们一起走过》节目之邀，重走父亲的抗战之路，还专程来到嘉陵江畔的"花房子"，探寻他父亲孙元良将军在北碚的足迹。1932年到1936年，孙元良在此住过近4年，那时秦汉还未出生，加之他父亲生前对自己当年的军旅岁月鲜有提及，所以秦汉的记忆中并没有"花房子"三个字。

然而探访父亲故居的秦汉感受却很奇妙，他说："1932年父亲应该才28岁，他后来做国军88师师长时也不过33岁，正是血气方刚的年纪。而我早已过了不惑之年。所以说，这完全是一个不惑之年的儿子看年轻时的爸爸。"

梁漱溟先生原先在北碚的一处旧居，在现在菩萨沟的梁漱溟纪念碑旁，也是一栋一楼一底的小洋房，是原国民党监察院副院长黄绍竑的别墅，已于 20 世纪 70 年代初毁于火灾。

雅致的花房子似从童话中走来，先后住过两位名人，却维护保养良好，实在难得，园中小桥流水，竹林掩映，推窗可俯瞰温塘峡上的江景，紧邻繁华却尽享隐居的幽趣，实在是三花石闹市中的一处绝妙景致。

青松明月绍龙观

缙云山与四川青城山、峨眉山并称为"蜀中三大宗教名山"。《大明正统道藏》中记载:"轩辕黄帝往,炼石于缙云堂,于地炼丹时,有非红非紫之云现,是曰缙云,因名缙云山。"自轩辕黄帝炼丹开始,缙云山历来都是人文荟萃之地,道教创始人张道陵天师、陈抟老祖、张三丰祖师皆曾于此修行。所谓"深山藏古寺",缙云山这座山林清幽的名山,自然是少不了古刹宫观的。"古刹隐山林,道观筑谷间。"对于缙云山来说,隐于山林之间的自然是指千年古刹缙云寺,而筑于山谷之间的就是绍龙观。

绍龙观是中国西部地区最大的道教正一派道场,位置极佳,它位于缙云山东麓北温泉后山幽谷之中,黛湖之畔,坐西朝东,占地70余亩,总建筑面积约5000平方米,有三清殿、玉皇殿、灵官殿、元辰殿、慈航殿、财神殿共三重主殿六大殿堂。站在缙云山环山公路边远观,绍龙观静静端坐于青山绿水之中,前有古松银杏,背靠茂竹密林,一湾清溪绕观而过,东边一片阔地恰似山门洞开,整个道观山环水抱,宛如坐落在山水巧配而成的太师椅上,左倚青龙,右靠白虎,上有祥云飞驰,下有碧波荡漾。颇似"洞天福地"、阆苑仙境。

绍龙观很年轻,1998年3月开始重修,1999年2月正式对外开放。但绍龙观又很古老，其原址本为绍龙寺。绍龙寺始建于明宪宗成化二十一年（1485年），已有500多年的历史，清雍正、道光年间两度重修，一直为佛教寺庙，与缙云寺、温泉寺、石华寺、复兴寺、大隐寺、转龙寺、白云寺一起并称"缙云山八大寺庙"。全寺占地六亩，庭院式布局，庙门侧柱上有一对联："山如碧玉水如黛，云在青天月在松。"正是其迷人风貌的如实写照。寺内分前殿、正殿、后殿，飞檐翘角，雕梁画栋，殿柱为合抱乌木所造。内有石造佛两尊，身高丈余，雕刻精细，为明代作品；有泥佛十尊，造型精美，塑于清同治元年（1862年）。两侧有厢房，前殿前有古银杏树两棵。

抗战时期，北碚流浪孤童很多，抢救、培养战区儿童以保民族元气成了当务之急，时任绍龙寺住持隆树法师为了拯救战争孤儿，保育办学，毅然将全部庙产捐献给世界红十字会，庙宇被辟为"北泉慈幼院"，由四大教育家之一的周之廉女士任院长，收容、教育战时难童千余人。1940年夏，林语堂一家从海外回到了战时首都重庆，要为抗战事业尽绵薄之力，为躲避日军空袭，一家在缙云山的西华寺僧房暂住，他常带家人探访慈幼院，深受感动，不由感慨：这是千秋功业。慈幼院从1939年创建至1953年撤销，历时14年，为抗战做出了不可磨灭的贡献。

绍龙寺曾长期荒废，但主体建筑尚在。20世纪90年代末，北碚区为开发缙云山旅游，曾想恢复绍龙寺，但当时佛教事业百废待兴，佛教协会自顾不暇。1998年，在北碚区政府的批准下，由重庆市道教促进会在其废址上修建绍龙观，历时半年，原慈幼院被辟为道教文化园区，东方道教绝技、道教文化陈列其间。1999年2月修葺一新的缙云山绍龙观正式对外开放，至此，绍龙寺完成了从佛教寺院到道家宫观的转变。

　　从绍龙寺到绍龙观所离不开的都是"绍龙"两个字。绍龙观以北一箭之遥，有一条深沟，沟壁上有古石刻"接龙桥"三个大字。相传，轩辕黄帝为使巴人安居乐业，尽享太平，在此建桥以续巴山龙脉。明季天雷断桥，山洪暴发，巴山龙骨摇动，又有仙人移来一庙，镇于桥头，名曰"绍龙"，意为接续龙脉之意。

碧水微澜的黛湖

缙云山的美是立体的,所谓佳山必有妙水,其山不唯有清雅秀美的缙云九峰,更有嘉陵碧水玉带环绕,山脚有使人"气浮兰芳满,色涨桃花然"的北温泉,山中岩层丰厚,加之"巴山夜雨"的湿润气候,泉水更是极为充沛,其水质甘甜,是泡茶养生的佳品,山内矿泉水品牌"缙云山"近年来名气已是越来越大了。行走于山间林下,常见有人或手提或车载着各类水桶,这往往是山下居民上山接取泉水,回家品味。有人说北碚是重庆的都市后花园,那么物产丰饶的缙云山则是北碚的后花园了,信哉斯言。

车行山间,左侧是翠绿的群山,右侧是嘉陵江的一湾碧水,自然心旷神怡,宛若身处仙境,飘飘然矣。随着山路蜿蜒,嘉陵碧水隐入后台,放眼便都是群山环绕、茂林修竹了,然而车行不经时,眼前便又豁然开朗,只见一池绿水无瑕翡翠般横卧山间,这便是黛湖了。

黛湖位于绍龙观之后,九龙寨下的公路边,其水清澈碧绿如黛。1930年,江津白屋诗人吴芳吉便为其取名为"黛湖"。1935年,书法家欧阳渐书题"黛湖"。1934年,北泉公园经理邓少琴等组织北泉黛湖水利协会,向四川省水利委员会贷款法币120万,修筑堤坝蓄水,并立有"黛湖"石碑。1955年,重新修筑黛湖堤坝。现如今黛湖蓄水面积近30亩,水中藻类繁多，是淡水藻类植物的重要保护基地。

"黛"者，青黑色也。水本无色，盖因黛湖碧水微澜，水平如镜，清澈透底。而缙云秀峰环绕，正所谓"远山如黛，近水含烟"，周围黛色的群山倒映入一池含烟秀水，自然相得益彰，山青水黛，宛若镶嵌，有诗曰："山如碧玉水如镜，云在青天月在松。"恰是黛湖佳境的写照。而且，黛湖的景色，晴天则湖光开阔，阴雨则碧翠欲滴，移步换景处处生情，无论何时何地观之都有一番独到的美感，都映衬得人心平静如水，柔情绵绵。

黛湖水质清澈，鱼类众多，驻足湖边，细波之下多见大鱼游弋，间或鱼跃，荡出数圈涟漪。盖因当下环保观念日增，湖边垂钓、泛舟者不见踪迹，鱼儿不惧钓网，悠游从容，殊不避人，亦使人得以充分享受自然相亲之妙。盘旋的山路行至此处，不仅眼界豁然开朗，湖畔山路并建有可供歇足观景的平台，以及接取泉水的取水口，实在是"王孙自可留"。

黛湖的美是宁静的美，如镜的湖水，少有波澜，驻足湖边，躁动的心也随之平静下来，似乎不忍打扰这繁杂尘世中难得的一抹幽静。"智者乐水，仁者乐山"，流连黛湖之畔，则可兼享山水之乐，做既智且仁之人，岂不乐哉。

阳光潋滟的时刻，黛湖的湖光山色之间，多是拍摄婚纱照的新人，美人佳侣，轻纱曼舞，亦是黛湖一景，正应了卞之琳"你站在桥上看风景，看风景的人在楼上看你"的诗句。数年前拍摄婚纱照时，影楼本来赠送了某地热门的"浪漫庄园"，我和妻却依然不假思索地选择了黛湖作为外景地，全因为缙云山,尤其是黛湖承载了我们碚城生活的许多美好回忆。的确,与缙云山的其他景点相比,人们谈起黛湖时,嘴角往往是带着笑的,心中往往荡漾着一股柔情,多半是缘于黛湖那纯净醉人的幽静之美吧。

　　据说,多年前曾有公司计划开发黛湖,建立"度假村",结果议论纷然,终于不了了之。物欲横流的当下,能保留住这一汪纯净的碧水,实在是民生之幸,缙云之福啊。

白云竹海白云观

缙云山的竹子是很有名的，正如缙云山的白云。作为一座以云为名的山，缙云山的云磅礴郁积，气象万千。在山下仰望时，往往得见山间飘飘白云缭绕，如烟似雾，缥缈不散，并常常上接天宇，与半空中的白云相交，让人分不清究竟是山上的雾飘到天上变成了白云，还是天上的白云偷偷降下来，化成了山间的雾。

缙云山山腰，几乎常年为白云所缭绕，这里也是缙云山中竹类最密集的地方之一，修竹参天，苍翠欲滴，连绵如海，常有云雾飘浮于林间，使人如坠仙境，于是得名白云竹海。白云竹海背靠夕照峰，海拔高度600~700米，竹海宽度500~1500米，竹林面积达4153亩。

白云竹海有白云村，还有一座白云观。传说轩辕黄帝曾在缙云山炼丹，其地点大约就在如今白云观的位置，《大明正统道藏》中说："帝炼石于缙云之山，有缙云之瑞，立缙云之堂，丹丘存焉。"白云观所在地至今仍存有轩辕洞、丹丘台等轩辕黄帝炼丹遗迹。白云观历史悠久，始建于清康熙十二年（1673年），几经修缮，于2002年对外开放，属区级文物保护单位。山门处悬有匾额，题为"洞天白云"，更显出方外之地的清幽。整座道观依山势而建，以长长的石阶组成中轴线，馆内建筑分列两旁，典雅庄严。

白云竹海地处缙云山腰,竹林茂密,林间更有奇花异草,山风轻拂,呼吸间满是草木清香,沁人心脾。置身林间,即便是火炉重庆的炎炎酷暑时节,也比山下低上几度,是避暑休闲的好去处。当地的村民借此便利,开办了挨挨挤挤的"农家乐",供人休闲住宿。缙云山的盘山公路在路口设有"白云竹海"车站,从北碚城南新区的健身步道缓步登山,白云竹海也是重要的休息地。于是,或者节假日,或者酷暑时分,或者阴雨初晴,或者白雪皑皑,白云竹海总是游人如织,散布着游览休憩的人群。2019年1月,缙云山又一次落起了雪花,我们一家三口躲开人群,顺着小路上山看雪,走到白云竹海时身上已潮湿阴冷,急需热食。不巧遇到停气,许多农家乐都没有开门。终于遇到一家炊烟袅袅,进门时才发现是几伙游客自己在烧柴煮面,主人烧柴,游客下面,其乐融融,主人还在灶膛中烤了几只红薯,于是多家旅人互相帮助,挨挨挤挤吃了一顿真正的"家庭热餐"。

视野开阔的白云竹海,也是观赏山下景色的绝佳所在。山光晴好的日子,驻足竹林,可以清晰地看见山下北碚城区的全貌,不唯嘉陵江边的老城区,城北新区、城南新区,就连稍远处的歇马街道都历历可见。依山势而建的白云观自然视野更佳,看着闪闪发光的嘉陵玉带,山下如春笋拔节一样迅速生长的高楼巨厦,以及逐渐铺开生长扩大的城区,心胸也随之开张,舒展开来。

缙云山中云海缭绕,自然也是产茶的好地方。山中有缙云甜茶,即壳斗科的多穗石柯,乔木,叶长而尖,嫩叶略呈紫红色，枝干细，分枝少，现主要分布在缙云山山脊一带。缙云甜茶由于常年受到云雾的滋养，微量元素的丰富与含量为甜茶之最，且不含咖啡因，集"药、茶、糖"于一身，无刺激性，既有卓越的药理作用，又有良好的保健作用，汤色碧绿清爽，气味芳香醇和，饮后多时，仍感香甜回味。可惜产量极少，每年产量只有数千公斤。幸运的是，白云竹海的农家乐处往往有售，闲坐农家柴门，看着山下辽阔的景色，品一杯缙云甜茶，真是一种惬意的享受啊。

迦叶道场缙云寺

缙云山的"蜀中三大宗教名山"称号,不唯指道教宫观,山中的佛教建筑也非常出名。缙云山的缙云寺是"国内唯一的迦叶古佛道场"。传说,迦叶古佛是过去佛也是释迦牟尼佛的前世之师。

缙云寺是温泉寺的上院,始建于南朝刘宋景平元年(423年),曾受到历代帝王封赐。唐高祖李渊(618年)曾亲笔题名"禅真宫",唐大中元年(847年),因山中有相思岩、相思竹、相思鸟,所以唐宣宗赐寺额为"相思寺"。既然是一座红尘之外的寺庙,偏偏又以"相思"为名,的确引人遐思。有论者考证,李商隐于唐大中二年(848年)有巴蜀之行,其间留宿缙云山,写下了那首名贯古今的《夜雨寄北》。李商隐身为"情诗圣手",行旅途中遇到这样一座有着相思岩、相思竹、相思鸟,温泉脉脉,缙云缥缈的名山,估计是很难压抑住登山观赏的心的,更何况山中还有一座以"相思"为名的悠悠古寺。

唐末画僧、诗僧贯休曾有一首《秋过相思寺》:

见说相思寺,今来似有期。
瘴乡终有出,天意固难欺。
昼雨先花岛,秋云挂戍旗。

故人多在蜀，不去更何之。

曾在缙云山读书，留下"八角井"等遗迹，并以"缙云"为号的宋代状元冯时行，也写有一首《春日题相思寺》：

系艇依寒渚，扶筇上晚林。
山山春已立，树树雨元深。
扫叶移床坐，穿云买酒斟。
相思思底事，老大更无心。

与僧贯休相比，状元冯时行的诗果然更脱不开"相思"二字。相思寺的名字用了很久，其间几经重修、修葺，北宋咸平元年（998年），宋真宗将宋太宗读过的240卷梵经送到这里，供奉在寺中。宋景德四年（1007年），真宗赐名"崇胜寺"。明永乐五年（1407年）成祖皇帝敕谕"缙云胜景"，明天顺元年（1457年）英宗皇帝又赐名"崇教寺"，万历三十年（1602年）神宗皇帝下令改为缙云寺，赐题"迦叶道场"。明末清初时，据说当时寺内和尚横行乡里，欺压百姓，当地百姓趁张献忠入川时，聚众上山一把火烧毁寺庙。现存寺庙是清康熙二十二年（1683年）由破空和尚主持修复的。

或者是因为迦叶古佛的"师教传承"，缙云寺自古办学，名为"缙云书院"。缙云寺最出名的办学时期同样也是民国时期，1930年秋，曾任世界佛学苑苑长、中国佛教学会会长、中国佛教整理委员会主任的太虚大师"游化入川"，得知四川刘湘有"选派汉人入藏"之意，乃建议成立汉藏教理院，以研究汉藏教理，融洽中华民族，发扬汉藏佛学，增进世界文化交流，此建议得到重庆军、政、金融界知名人士的大力支持，遂选定缙云寺作校址，推选刘文辉为名誉院长、太虚为院长、何北衡为院护，共同组成汉藏教理院董事会。汉藏教理院办学20年，号称世界佛学苑四大分院之一，培养了大批佛教人才，当年学生遍及世界各地，赵朴初先生就毕业于汉藏教理院。

缙云寺现存古迹甚多，寺前有座晚唐石照壁，是青石浮雕，高4米，宽4米，石照壁正中为芭蕉麒麟图（也有人称之为"猪化龙浮雕"），左右各有菱花图案，其下面为青狮、白象浮雕。整个图案古朴雅致，这是缙云山重点保护文物之一。1984年，在石照壁外建亭子，使其免遭风雨洗刷。石照壁之上、缙云寺山门前，有座巍巍的石牌坊。这座明代石牌坊高6米，宽5米，由青石砌成。其上雕有鸟兽等图案加以修饰，顶部有浮雕青石装点。坊正面上层嵌有"圣旨"二字，落款为："大明二年十月二十九日"；下层为"迦叶道场"的四字匾额，是明万历三十年（1602年）明神宗朱翊钧御笔。牌坊背面上层嵌有"敕谕"二字，下层为"缙云胜境"，是明永乐五年（1407年）明成祖朱棣所书。坊上题字苍劲有力，气势豪迈。坊前有一对石雕青狮，高1.7米，分列两旁，憨态虎踞。这一处景色清幽古朴，典雅庄重，是众多游人的打卡地，更是缙云寺乃至北碚的标志图景。经石牌坊拾级而上是接引殿，左右两侧钟楼、鼓楼对峙，现存大铁钟为清道光二年（1822年）所铸。再往前行，便可见缙云寺的主体建筑接引殿、大雄宝殿和观音殿。各主殿的房脊、屋顶、斗拱等处，雕刻色彩绚丽，仙人宝顶和吻兽更是精雕细琢，神态栩栩如生。观音殿于民国时期改建为汉藏教理院，存有宋太宗诵读过的24部梵经，另有出土的石刻天王半身残像，据传是梁或北周作品。大雄宝殿又称迦叶殿，殿中迦叶古佛立于康熙二十二年（1683年），高约2米，左为大梵天，代表欲界法相，右为帝释天，代表色界法相，都是清代塑像。上面的匾额也是清朝时期所造，上书"昙花蔼瑞"。

寺外有世界佛学苑汉藏教理院旧址碑记，还有太虚法师和正果法师塔各一座，上有赵朴初和邓颖超的亲笔题字。大殿西北，有一口八角井，石地凿成，深10多米，池水澄碧，常年不涸。冯时行在此读书时，常到池中洗墨，故称"洗墨池"。缙云寺山门前的"洛阳桥"相传也与冯时行有关，他当年求学时，常在桥上迎着朝阳洛诵（意为"反复诵读"）诗文，洛阳桥由此得名。

缙云寺松柏参天，枝繁叶茂，行走于其中，呼吸间松柏的香气与礼佛的檀香味混合，令人心清，听着悠悠梵音和悠扬的钟声，那在红尘中积累的无数烦忧，似乎都随着一呼一吸悄然无踪了。

缙云寺迦叶道场　国画　50 cm×50 cm

螺音依稀海螺洞

行走缙云山,游览完香气氤氲、禅音缭绕的千年古刹缙云寺,看完那一口状元冯时行洗过笔砚的八角井,踏上一级级青苔染遍的石阶,登山的旅行就算正式开始了。

拾级而上,行不多时,便能看到登山旅程中的第一处景点——海螺洞。海螺洞位于聚云峰右侧山垭的岩石上。洞口径1.8米,深3米左右。奇妙的是,其洞恰似一只海螺,洞口宽绰,颇能容人,而越往深处则越狭窄潮湿,渐渐收缩为海螺的尾巴,更妙的是洞内遍布褶皱,恰似海螺的内壁,让人不得不感叹造物的奇巧。

据说,曾几何时,洞中曾有一块凸石,每当山风吹来,洞穴中便呜呜作声,颇有海螺之音,"海螺洞"因此得名。或一日,有一好事者将洞中凸石打落,破坏了天然形成的空气振动发音的条件,那余音袅袅的螺音自然不存,徒留其洞。

这样看来,海螺洞的成因大概与苏学士所查考的"与风水相吞吐,有窾坎镗鞳之声,与向之噌吰者相应,如乐作焉"的石钟山类似,亦是造物之天然传奇。藏传佛教佛殿供桌之上常放有八宝,其中就有右旋白海螺。佛经载,释迦牟尼说法时声震四方,如海螺之音。故今法会之际常吹鸣海螺。1932年,太虚法师曾在缙云寺创办以"沟通汉藏文化、融合汉藏感情"为宗旨及奋斗目标的汉藏教理院,是中国近代佛教史上第一座汉藏并设、显密兼习的新型佛学院。时至今日,藏传佛教的元素在缙云寺的台阁殿宇之间踪迹寥落,可附会的恐怕也只有这一小小的海螺洞了吧。

太虚法师有诗赞曰:"海螺飞翠霭,莲髻耸晴空。"设若当年好事者管住手脚,存此天造地设的佳地,游览之人方于山中听得汉藏教理院的辉煌历史,心绪未平,行于此处又静听螺音,此时此刻遥看山下缙云古寺,配合着余音绕梁的玄远钟声,大可想见当年太虚法师筚路蓝缕的功绩,汉藏教理院"沟通汉藏文化、融合汉藏感情"的立志高远,实在是一桩乐事,如此一来,海螺洞的大名怕不下于苏学士的石钟山。

海螺洞上方石壁上凿有竖排"海螺洞"三个大字,笔力遒逸,系1998年西南师范大学邓福林先生所书,工匠赵忠益所刻,涂以红漆,颇为醒目。既然是登山路上第一处景点,行至此处,人们兴致正浓,体力充沛,海螺洞便成了游人拍照"打卡"的热点。海螺洞口宽敞,岩壁可攀,常有人不惧"巉岩",爬至洞中,或蹲或坐于洞口"美拍",久而久之,洞口石壁已变得油滑光亮、光可鉴人,阴雨天气石壁滴水,滑润湿潮,更有海螺形貌,所谓"风景与人互相成就",大概就是指的海螺洞这一类吧。

忽然又想起那个损坏海螺洞凸石的"好事之人",他当年恐怕也是不满足于在洞口"打卡"的"浅尝辄止",本着"事不目见耳闻,而臆断其有无,可乎?"的精神,"勇敢探索",不巧毁坏了那个发声的关键,不知当时是否如神话小说中所写的那样"有白气飞出"?现而今,他的"事迹"已撰写于海螺洞下的展板之上,估计每个读完展板上介绍的游人都会对他的业绩"腹诽"一二吧。然而腹诽也就腹诽了,汲取教训的却也不多,人们还是排着队往海螺洞口拍照"打卡",不晓得若干年后会不会还有倒霉蛋步那位"好事之人"的后尘,于介绍牌上留下大名。

金狮带雪狮子峰

缙云山有九峰，从东到西依次为朝日峰、香炉峰、狮子峰、聚云峰、猿啸峰、莲花峰、宝塔峰、玉尖峰和夕照峰九座山峰。有诗赞曰："狮子摩霄汉，香炉篆太空，朝阳迎旭日，猿啸乱松风。石照三千界，莲花七窍通，玉尖如宝塔，更有聚云峰。"缙云九峰奇峰耸翠，林海苍茫，又各有千秋，云集了巴山蜀水的幽、险、雄、奇、秀等突出特征。

"蟒塔传殊古，狮峰势独雄。"九峰之中，狮子峰最为险峻壮观，其海拔为864米，从半山的缙云寺登顶，拾级而上，沿途据说有680级石梯，正是缙云登临第一峰。游览完螺音依稀的海螺洞，欣赏完松风阵阵的松林、白云缭绕的竹海，再爬一段陡峭的石梯，只见一座古朴低狭的石门耸立眼前，这是狮子峰上古狮子寨寨门的遗迹，寨门后，还有咸丰十一年（1861）立的《修寨碑记》。俯首穿越石门，迎面所见，便是景色秀丽的狮子峰了。

狮子峰顶有座方形石台，名叫太虚台，是1938年汉藏教理院的师生为纪念中国佛教学会会长、汉藏教理院院长太虚大师五十寿辰而建，专供太虚法师在此练功。太虚台正面刻有"太虚台"三个大字，四方都有圆形拱门。台内嵌有太虚石碑，刻有《太虚台记》。

狮子峰顶山岩裸露，突兀嵯峨，因多年岁月侵蚀，岩层风化，被分割成大大小小的球状石垛，其得名，据说是因其远眺如雄壮的狮头，由上自下仰望则其形貌状类雄狮俯卧峻岭，故名为"狮子峰"。我向来眼拙，面对这种形似的景貌总是一头雾水，看不出所以然。对狮子峰的"狮子"印象最深的则是太虚台前那一尊昂首远眺、威武雄壮的金色狮子塑像。其狮头大身小，形貌憨态可掬，狮尾蜿蜒，颇受游人尤其是小朋友的喜爱。常见有小朋友猴子般在金狮身上上下攀爬，不亦乐乎，大人们也多喜欢与金狮合影，多年来不晓得这尊金狮在多少人的相册中留下了倩影。

水土涵养丰厚的缙云山，雨量充沛，海拔又高，因此山城重庆虽然为亚热带季风性湿润气候，冬季却偶有雪花飘落。当是时，缙云九峰山林遍染，雪压青松，恰是巴渝盛景，而狮子峰上金狮带雪，一夜白头，更是美不胜收。

缙云山层峦叠翠，竹影遮掩，行走山中放眼皆是碧绿，视线常为山林遮掩。而托了狮子峰突兀嵯峨的裸露山岩的福，狮子峰顶虽然狭窄却视野开阔，成了不可多得的观景平台。紧靠绝壁，在一块比较平坦的岩石上，有用铁栏杆围起的一个览胜台。缙云山空气清新，杂质低，视野通透，可极目远眺。登临此处，背后是近在咫尺，似乎触手可及的香炉峰瞭望塔，俯瞰则是悬崖峭壁，峰峦起伏，可见掩映于一片翠色中，如小舟般漂浮于林海的缙云寺全貌。左侧群山绵延，嘉陵江蜿蜒如玉带，八桥叠翠气势如虹，当面则可纵览北碚区老城、新城的全貌，可谓"无尽江山胜，都归一览中"。夜间华灯初上，群星闪烁，上下辉映，极致繁盛。近年来，北碚城发展迅猛，高楼林立如雨后春笋，城区不断延展，若有有心人每年于此处定点拍摄山下城貌，定能凑成一部北碚发展的独特影集。

"缙岭云霞"号为"巴渝十二景"，盖因缙云山山间常年水汽蒸腾，云雾缭绕，日出日落之际，阳光映照，色赤如霞，似雾像烟，郁积磅礴，古人称"赤多白少为缙"，故名为缙云山。狮子峰是观赏缙云烟霞的绝美所在，不仅可见林海间云雾苍茫，阴雨天气峰顶更常为云雾缭绕，下观为云，山间为雾，呼吸间尽是清新冷冽的白雾，行走间如踏云里雾中，恍惚如坠仙境，太虚台修于此处，实在是打坐修行的绝妙所在，让人不禁感叹前人选址的眼光独到。

狮子峰顶有一对一寸深、一尺长的大脚印，指印俨然，活灵活现。相传当年真武大帝与迦叶佛争夺缙云山这块风水宝地，两人斗法，真武大帝用神力纵身一跃跨到南山，用力过猛而留下此处遗迹。现而今，踏足遗迹，恰恰是风景绝佳所在。传说缥缈，而观此胜景，亦可知神仙斗法的缘由。妙景独占的心，神仙也不能免俗啊。

妙塔高耸香炉峰

若干年前,我于歌乐山上某校工作,每天通勤要走半小时上下盘旋的山路,半小时车流如梭的高速,行旅倦怠,尤其是要集中精神穿越悠长繁忙的北碚隧道,真可谓身心俱疲、思维迟钝、胸中烦躁,然而行不多时,眼界中绵延的山峦间陡然间映出一座秀美的高塔,便晓得是到家了,因此紧绷的神经瞬间就放松下来,心绪恢复宁静了。

如果说缙云寺山门前青狮蹲坐的石牌坊是缙云山的标志的话,香炉峰上挺秀高拔的缙云塔无疑是北碚标签一般的显著标志了,无论荧屏里还是纸片间,人们一看到层峦叠嶂中的古风高塔,便晓得所介绍的是碚城了。

香炉峰与狮子峰相对,海拔 854 米,恰比海拔 864 米的狮子峰略低一些,站在狮子峰观景台上可俯视咫尺之遥的香炉峰,然而香炉峰上又建有主要用于国家级自然保护区缙云山防火观测用的高达 41.1 米的观景台——香炉峰缙云塔,两相叠加,反而轮到狮子峰"高山仰止"了。

香炉峰是缙云九峰中景观最奇特的一个峰。清光绪二十四年(1898年),在峰上筑有"青云寨",恰与狮子峰上的狮子寨相为依照、互为犄角。所谓"望山跑死马",站在狮子峰顶,近旁的香炉峰似乎触手可及,对面游人近在眼前,耳音可闻,几可手握。然而若想抵达,却要先沿着狭窄险峻的山路下至半山腰，再顺路蜿蜒而上，一下一上之间又耗费了半晌的浮光。

与狮子峰因峰峦状类狮子而得名的缘由所不同的是，香炉峰的得名源于峰旁的香炉石。香炉石乃天生石柱，高约20米，离香炉峰崖3米，笔直耸立，险峻欲崩，岩体隽秀，岩面凹凸，形似长颈香炉，故名香炉峰。

关于香炉奇石的由来，也有一段颇有趣的传说。有典籍记载："轩辕黄帝往，炼石于缙云堂，于地炼丹时，有非红非紫之云现，是曰缙云，因名缙云山。"而香炉峰恰是当年轩辕黄帝金丹炼成之后宴请群仙之时所用的一个酒壶。其上层盛满琼浆玉液，下层则燃烧赤炭，酒温热之后香气缭绕，配以缥缈优雅的弦歌雅乐又是一番热闹繁盛的景象。可惜轩辕黄帝并未汲取当年大闹天宫的教训，也没有延请齐天大圣孙悟空。大概猴儿们之间有什么灵通渠道，转瞬之间缙云山的猿猱便将此番消息传至花果山，顿时惹恼了好泼猴，不远千里来缙云山兴师问罪，大闹宴席，打翻桌案，将那一尊大酒壶也给翻了个底朝天，倒立在缙云山上，壶中美酒流淌出来，就变成了缙云山中"水滑洗凝脂"的温泉水。轩辕黄帝无奈之下，只好将酒壶顺势改成香炉立在山巅，从此之后，缙云山就有了奇趣天成的香炉石，也就有了秀雅绝伦的香炉峰。

缙云九峰，香炉峰之后的朝日峰海拔851米，是自西南到东北的最后一座山峰，盖因晨光初照，先得朝日而名。视觉上香炉峰略低，朝日、狮子二峰对峙，三峰恰似一个元宝，甚为奇特。而过了这三个紧邻的山峰，缙云山山势渐缓，如巨龙饮水，越伏越低，直探进嘉陵江畔的温塘峡。行走于北碚人称之为"河边"的嘉陵江岸，举目所见便是背驮宝塔的香炉峰，峰峦幽雅，秀美可人，更引人遐思。

　　高上加高，香炉峰顶的瞭望塔叠加下来又可谓缙云山最高处，醒目特出，登临此地，再无丛林掩映，视线无碍，足可尽享碚城风貌。此塔形态优雅，古风盎然，颇类古迹。古时文风盎然的地方，往往建有希望或象征当地人才辈出的文峰塔，碚城自建城以后向来文风盎然，近代曾有"三千名流下北碚"的盛况，今日亦有西南大学、中国科学院大学、重庆师范大学北碚校区、重庆青年职业技术学院等多所院校集聚，更有西大附中、朝阳中学等5所市级重点中学荟萃，文教兴盛，秀雅的缙云塔如果作为北碚"文风"的标志真可谓应景。

蝉鸣阵阵西南局旧址

重庆名列我国"四大火炉"之一,而且是最老牌的"火炉"城市之一,几乎在各种"火炉"城市排名中都可以毫无悬念地上榜,其炎热主要表现在气温高、湿度大、风速小、昼夜温差小等方面。主要因重庆地处长江和嘉陵江河谷的平行岭谷区,海拔较低,空气湿度大,稠密的大气对太阳辐射的削弱不大,却能阻止地面热量向空中辐射,使地面散热困难。同时四周群山环抱,风速小且静风频率大,空气中的水汽和热量难以疏散,尤其在夜间气温有所下降时,空气相对湿度更大,使人感到特别闷热难熬。再加上重庆市区人口稠密,高楼林立,使城区增温效应更加明显。几项叠加,使得重庆七月每日最高气温均在35℃以上,时常高达40℃高温天气,极端气温夏季最高达43℃,而且高温时间持续长,高温时间最长可达五个月之久。

于是每到暑热季节,重庆人的生活主题之一就是"高温假"和避暑了。缙云山九峰横亘,海拔大多在350米至951米之间。其中玉尖峰最高,海拔1050米。加上密林清幽,自然凉爽宜人,在没有空调的时节,这里实在是避暑消夏的好地方。况且在重庆众多的避暑胜地中,缙云山的距离与市中心最近,交通也便利,于是成了重庆主城区人酷暑时分享受清凉的优先选择地之一。

中共中央西南局于1949年11月在湖南常德成立。重庆解放后,中共中央西南局进驻重庆办公。20世纪50年代初,西南局和重庆市委在缙云寺杉木园一带的山林中,修建了48幢小别墅,作为夏季避暑及办公用地。这些房屋结构多为中西合璧风格,但每幢又依地形、景色的不同而造型,使其各具特色,又大都掩映在竹林杉影之中,清幽宜人。

杉木园北山,有一幢一楼一底、中西合璧的小楼。它是西南局第三书记、西南军区司令员贺龙元帅的旧居,当地人称之为"贺龙院"。小楼因势造型,掩映于苍松翠柏之中,景致独特。楼前立有一尊贺龙元帅半身戎装石雕像,贺龙院的大门非常有特点,是由两座菜刀造型的巨石雕塑构成,寓意贺龙元帅"两把菜刀闹革命"的光辉历史。

杉木园东南角,距离贺龙院约300米的地方,有一径相连的两个小山堡,各有一幢一楼一底的小楼。前楼是原西南局办公处,后楼则是西南局第一书记邓小平的旧居。旧居前有一棵邓小平同志在1952年亲手栽植的马尾松,如今已高大挺拔,枝繁叶茂,人称"小平松"。

西南局第二书记刘伯承元帅的旧居,则在杉木园的西南部,也是一楼一底的砖混结构小楼。刘伯承元帅在缙云山的住地,先是在最险峻壮观的狮子峰北麓,一处茅顶木结构的吊楼,后来才迁至此处,小楼小巧玲珑,掩映在缙云山的密林之中。

缙云山海拔高,气候湿润,冬季时偶尔有雪。1950年,邓小平与刘伯承、贺龙登临缙云山,领略"川东小峨眉"银装素裹的景致。缙云山的雪景，让众人笑逐颜开，也留下"三龙际会缙云山"的佳话。

而今，中共中央西南局缙云山办公旧址的保护性修缮工程已经完成，其已成了人们重温历史，瞻仰先辈遗迹的好去处。这里林高人静，夏季时蝉鸣声声不绝，所谓"蝉鸣山更幽"，鼓噪蝉鸣更衬出这里的幽静清雅来。

澄江口美龄堂

北碚曾有一句俗语："北碚豆花土沱酒，好耍不过澄江口。"可见澄江的好耍美名是可以和驰名的豆花、土沱酒相并列的。和北碚的很多古街镇和码头相似的是，澄江的兴盛也源于煤炭和码头。据说澄江码头上停泊的运煤船及货船曾经多达上百条，可谓相当热闹。除了水路，澄江的陆路也很重要，通过公路可以通往合川、璧山，是北碚、合川、璧山三区的一个重要交界点。

澄江镇历史悠久，早在宋代以前就是一个大镇，古称"依来镇"。清同治九年（1870年），因嘉陵江的特大洪水，城镇全部沉没在汪洋之中，故改名为澄江镇（沉江镇）。民国时期，澄江愈加兴盛。很多名师大家如黄炎培、林森、冯玉祥、老舍、田汉、夏衍等均曾在此留下佳篇。随着煤矿资源的枯竭和嘉陵江航运的衰落，澄江在20世纪80年代后逐渐走向没落，但也因此逃过大拆大建，保留了很多那个年代的街区风貌和记忆，一些民国建筑也得以留存，譬如美龄堂。

"美龄堂"位于北碚区澄江镇原四川仪表九厂内，随着厂矿的搬迁，这里被改造为老年养护中心。因此，美龄堂现位于"优待高龄社"内，该建筑坐东南朝西北方向，由青砖和混凝土构成，硬山顶平房，系实业家蓝文彬为荣誉军人自治实验区成立典礼而修建，1943年10月竣工。同年10月15

日,蒋介石、宋美龄等两百多人在此出席典礼,抗战时期成立最早、规模最大、影响最深的荣誉军人自治实验区由此诞生,开启了抗战伤残军人新的人生航程。

抗战爆发后,在保家卫国旗帜的号召下,无数热血青年纷纷走向抗敌前线。然而有战争,就有伤亡,大量受伤军人从前线转移到后方治疗。部分伤员虽然康复了,但再也不能扛枪打仗,有的甚至失去了生活自理能力。这些为国家独立和民族解放而受伤致残的军人,常被称为荣誉军人,他们必须得到国家和人民的善待,方能使受伤的身体和心理得到慰藉。同时,只有对已伤或残疾军人进行妥善安置,才能鼓励前线将士的作战豪情。

作为"中国妇女慰劳自卫抗战将士总会"(简称"妇慰总会")的主任,宋美龄鼓励伤残军人自力更生,开展生产自救,既是对他们的合理安置,又可以在民族危急时刻减少政府负担。因此,宋美龄决定修建"荣誉军人自治实验区",以改善伤兵的生活现状,1941年,"妇慰总会"在宋美龄的安排下,开始四处筹集资金;1942年,选定重庆市北碚区澄江镇碑泥坝作为实验区,这里背靠苍翠旖旎的缙云山,面临嘉陵江岸秀美的风景,土质肥沃宜耕。1943年10月15日,荣誉军人自治实验区正式建起来了,受伤军人可以在此发挥余热,在相互扶持中依靠自身力量生活下去,也算是对社会的奉献。

说起美龄堂,还得提及另一位与卢作孚同时期的实业家蓝文彬。蓝文彬是四川资中人,系川军将领,他于1938年退出军界开始经商,在北碚澄江创办了宝源煤矿,开掘了"澄江运河",这条为解决运煤而生的重庆第一运河。蓝文彬在重庆北碚兴办实业,大力发展地区经济,并兴办学堂,改善地方教育和交通,为抗战积极贡献力量。在宋美龄的号召下,他出资在北碚澄江镇创办了当时全国最大、最早的荣誉军人自治实验区。据悉,从实验区建成的1943年至1946年,数百名抗战前线受伤退下的将士在此疗养,自给自足。他们还在此学习生产生活技能,从事工农业生产,先后开办了制伞厂、被服厂、纺织厂和皮革作坊等实业。除了自给自足,还将部分产品支援前线,用实际行动继续支持着民族的抗战。一些退伍伤兵在此还学到了谋生的手艺,为他们战后的生活提供了门路。

1943年10月,宋美龄作为"妇慰总会"的主任应邀出席"荣誉军人自治实验区"的成立仪式。为了给前来"剪彩"的蒋介石、宋美龄夫妇提供休息的场所,主持人蓝文彬就在实验区内建了一幢砖木结构的小礼堂。为纪念创建人的善举,这个小礼堂就被命名为"美龄堂"。实验区随着抗战胜利而逐渐退出了历史舞台,到20世纪60年代,这里被四川仪表工厂占用,但厂方多次对它进行修葺,保持原状,不仅完好无损,而且在四周广植花木,开辟了花园,修建了亭子,使"美龄堂"大增风采。如今的"美龄堂"占地面积500平方米,是北碚重要的抗战文化遗址,纪念馆由四个图片和实物展区、两个场景还原展室组成。2014年7月,美龄堂被北碚区人民政府列为重点文物保护单位。

层叠瀑布烟湖滩

北碚与璧山交界处，有很多风景宜人的地方，比如烟湖滩。璧北河从璧山流入北碚时形成了几处小瀑布，取名"烟湖滩"。在这段约两公里的河段上有墩子坪、石滩、石桥、大水塘、高滩、烟湖滩、沿滩等。据说，石滩上先人们曾打孔凿渠，安装水车，驱动曲柄连杆机构，"磨柏作香"，即用柏树杆磨成粉作藏香，如今河滩巨石上孔洞仍存，遗迹依稀可辨。

然而烟湖滩的名字虽然美得像一首诗，其名字的由来却鲜为人知。璧北河一路从璧山蜿蜒而来，在北碚澄江口汇入嘉陵江碧波之中，层层叠叠，形成了多级台阶和落差飞瀑景观。烟湖滩便是这些瀑布中落差和宽度较大的一处。

远望时，只见一匹白练高高悬挂在宽约四五十米的山崖上，落差足有十几米。瀑布下方，则有一片三四千平方米的水潭。这池碧潭，和前方的拦河坝所形成的积水，并称为烟湖滩。

水高下泻，冲击碧潭，自然在水面上激起一片烟云水雾，远远望去，好似一处由烟云形成的湖滩，如人间仙境，烟湖滩的名声，大概就是由此得来吧。

从北碚城区到烟湖滩，通有公交车，交通便利，吸引了不少踏青休闲的游客。此处鱼类繁多，自然也有不少"临渊羡鱼"的垂钓者，钓鱼人对环境最敏感，总是知道哪里的鱼最多，景最美。

然而曾经的烟湖滩，却因为沿岸的工厂污水而变成臭水沟，水体发臭，鱼虾更是绝迹。近些年随着大规模的环境整治，污染企业被关停，烟湖滩才重新恢复了山清水秀的模样。

1932年秋，有"学风不亚于昔日唐玄奘留学印度之那烂陀寺"的汉藏教理院在缙云山缙云寺正式开学，由太虚大师任院长。太虚大师对卢作孚在北碚的生产建设与文化建设极表赞赏，他曾在峡防局做《建设人间净土》的讲演："余觉佛法上所明净土之义，不必定在人间以外，即人间亦可改造成净土。虽人世有烦恼生死痛苦斗争等危险，但若有适当方法而改造之，因可在人间建设净土也。"

曾几何时，在很多人的印象中，眼前总是苟且的，诗意总要到远方他乡去寻找。然而眼前未必就没有风景和诗，只是缺乏发现的眼光和改造的决心罢了。所谓风景也不必定在险远而人之所罕至焉的地方。卢作孚说："愿人人皆为园艺家，将世界造成花园一样。"正是在说，愿人人都主动建设，主动维护，而并不是只看到眼前的苟且而逃避去远方。毕竟如果远方的人也是只知道破坏而不维护，眼光向外，只关心更远的远方，那"花园"的日子必定不得长远。

所谓："古人之观于天地、山川、草木、虫鱼、鸟兽，往往有得，以其求思之深而无不在也。"风景其实到处皆有，不必非到人间以外去苦苦寻觅。近些年，随着环保观念的深入人心，以及持续的改造和建设，碚城很多像烟湖滩这样曾经消失的美景都渐渐失而复得，人们不必舟车劳顿、大费周折就可以在家门口享受休憩，这才是"人间净土"的真意吧。

后方的"红色堡垒"
——国立复旦大学旧址

北碚东阳的夏坝有一个"国立复旦大学旧址"。1937年,日军进攻上海,复旦大学多处校舍被炸,时任校长吴南轩带领学生迁往江西庐山。12月,南京失守,江西吃紧,复旦师生继续内迁。同月底,复旦师生近400人乘永利号轮船抵达重庆。复旦师生先期暂借重庆复旦中学,第二年,复旦大学便在北碚区嘉陵江北岸的东阳镇落脚,借龙王庙作课堂,煤栈空房为学生宿舍,教职员则散居东阳镇、黄桷镇复课,后来更选定东阳镇夏坝为校址,在这里破土兴业,营建了一个清新整洁的校园。

当时的夏坝,沿江铺有通衢大道,夹道梧桐成荫。独立牌坊式校门之内,以登辉堂(登辉堂是为纪念复旦大学校长、复旦奠基人李登辉而命名)为基准,相伯图书馆、寒冰馆、新闻馆、青年馆等一字排开,皆坐东朝西,面向嘉陵江。从1938年2月到1946年5月,复旦大学在夏坝开启了长达8年多的学习时光。

夏坝时期的复旦校园,有张志让、陈望道、周谷城、孙寒冰、曹禺等著名教授,叶圣陶、胡风、老舍、梁宗岱、吴觉农等一大批知名学者也应邀先后到复旦任教。据统计,8年间,复旦大学共设有文、理、法、商、农五个学院27个系科,培养了3000多名优秀学生,在刻苦治学的同时,复旦师生积极投身抗日救亡运动，维护民族大义，充分彰显了家国天下、教育救国的使命感。

复旦刚迁到北碚时，校内暂时没有中共党员，但不到半年就建立起地下党支部；根据周恩来同志的指示，复旦党组织以读书会的形式建立"据点"，把广大进步骨干和积极分子组织起来。成立了文摘社、新民主主义青年社等进步团体，创办了《中国学生导报》《文摘》《夏坝风》等刊物和壁报，进行抗日救亡宣传，使复旦成为大后方坚强的文化堡垒。夏坝的复旦也因此成为大后方的"红色堡垒"，被中共中央南方局誉为"学校工作的典型和模范"。

复旦老校友蔡可读在回忆文章《夏坝岁月》中描述：太阳刚刚上升，沿嘉陵江的斜坡上，就已散坐着三五成群的同学在学习了，有的则坐在沿江的茶馆内做功课，或争辩着国内外大事。更有意思的是不少学术报告会是在沿江某个茶馆内举行的，听众可以自由参加，有时很静，有时则笑声不断。

抗战胜利之后，1946年5月复旦大学迁回上海，部分留渝校友和教授，在夏坝旧址创办了相辉文法学院，以纪念复旦创始人马相伯、李登辉先生。相辉文法学院于1946年夏季招生，设文史、外文、经济、会银、法律、农艺六系及会计统计、农业二专修科，首任董事长为于右任，继任为邵力子。1953年院系调整，相辉建制并入四川财经学院，其他系科分别调整到重庆大学、西南农学院和西南政法学院。中国工程院院士、杂交水稻之父袁隆平，于1949年8月至1950年7月在夏坝相辉文法学院农艺系读书，院系调整后到新建立的西南农学院农学系续读三年至毕业。

复旦大学现址现有保存"登辉堂"和"寒冰墓"。2005年，在复旦百年校庆之际，复旦大学与北碚区政府对国立复旦大学重庆旧址进行了保护维修。2010年复旦105周年校庆之际，登辉堂挂牌"抗战时期复旦大学校史纪念馆"并对外开放。2012年，再次对登辉堂进行保护修缮，展陈提档升级，成为复旦大学爱国荣校教育基地和北碚区爱国主义教育基地。

四野静寂孙寒冰教授之墓

抗战时期，有很多高校迁入北碚，复旦大学所在地夏坝一时之间文化名人会聚，成为与沙坪坝、白沙坝、华西坝齐名的"文化四坝"之一。

然而流寓的生活毕竟是苦痛的，即便是大后方重庆，也无法完全避开日寇的扰袭。

1940年5月27日下午2时许，日军对北碚进行了规模空前的大轰炸，复旦大学教授孙寒冰的住所、《文摘》编辑部几乎被夷为平地，孙寒冰教授不幸遇难，年仅39岁。复旦大学师生为孙寒冰举办了隆重的追悼会，社会各界名流及政府官员纷纷前往吊唁，场景极尽哀荣。

1940年5月28日，国民党中央社发布讯息："复旦大学教务长孙寒冰，及职员汪兴楷，学生陈思枢、王茂泉、王文炳、朱锡华、刘晚成等，廿七日中午被炸惨死。孙氏江苏南汇人，年三十九岁，美国哈佛大学硕士，华盛顿大学学士，归国后，历任复旦大学法学院院长、教育长，暨南大学商学院院长、中山大学教授等职，驰名出版界之《文摘》半月刊，系孙氏一手创办，数年来风行海内。孙氏遗妻及子女四人，其遗骸廿十八日大殓，于院长、孔副院长、邵大使，偕派员前往致祭慰唁。"

孙寒冰系上海南汇（上海直辖之前，为江苏南汇）人，曾就读于上海中国公学，后转入复旦大学，毕业后前往美国华盛顿大学和哈佛大学攻读政治学和经济学，1927年回国后，在多所大学担任教职。

孙寒冰认为当时国内报纸杂志众多，而复旦大学的师生没有足够的时间和精力逐一阅读，如果能够把各种杂志的精彩内容摘编出来辑成一册杂志，则可为广大读者提供方便。于是，在孙寒冰的建议下，《文摘》于1937年底在复旦大学出版。《文摘》的编辑方针是"暴露敌人阴谋"，宣传"中国必胜，日本必败"的观点，为鼓舞中国人民的抗战做出了积极贡献。

1938年底，孙寒冰经由昆明抵达夏坝，担任复旦大学教务长，并兼任法学院院长。1939年初，他恢复出版《文摘》旬刊，编辑部就设在其寓所黄桷镇王家花园内，在临江门闹市口设立了发行部，汪祯宝负责主持刊务。

作家胡风曾详细记录了敌机轰炸后的惨状："那是1940年的初夏，日机曾疯狂滥炸四川北碚黄桷镇复旦大学……一天中午，我们正吃午饭，忽然警报长鸣，不久天空就出现了几十架日机，一字排齐，随着炸弹就像带翅膀的飞鸟，纷纷向下降落，等我们听到轰轰的响声时，四面天空已乌黑一片，尘土飞扬。我一家是躲在桌子底下，才侥幸没有伤亡。复旦大学教务长孙寒冰和几个学生被炸死，几十名师生受伤，老百姓也有死亡。北碚市（街）也多人死亡。"复旦大学政治系教师蒋碧薇曾十分感伤地回忆了孙寒冰教授的死亡情况："那年五月，僻处黄桷树镇的复旦大学被炸。一时弹片横飞，硝烟四起，教授学生死伤狼藉。孙寒冰先生就在这次（轰炸中）罹难，死状之惨，令人不忍卒睹。孙先生平时来看我，总是一走进大门，先叫一声'蒋公！'他死之后，我常常有一种幻觉，仿佛他蓦然走进来叫我一声的样子。这使我不但悼念良友之永逝，而且还有点恐怖。"

孙寒冰教授去世后，人们将他安葬在夏坝附近的琼玉山前锋村。1987年，北碚区政府将孙寒冰墓迁至登辉堂后侧，以让他与日夜牵挂的复旦大学永远相伴。如今，孙寒冰教授的墓地保存完好，墓园有门栏四周花砖墙，墓前嵌有大理石碑，碑刻"孙寒冰教授之墓"为著名历史学家周谷城题写。曾经怒吼奔腾的嘉陵江缓缓流淌，四周环境幽雅，全然一副岁月静好的模样，硝烟散去，那些苦难牺牲的先辈，可以安息了。

潜庐与"夏坝的延安"

抗战时期，大后方有"文化四坝"之说，即沙坪坝、北碚的夏坝、江津的白沙坝及成都的华西坝，皆是名流会聚，文教鼎盛一时。当时的北碚在卢作孚先生乡村建设的大力营造下声名远播，成为抗战时期重要的迁建区，有"三千名流下北碚"之说，更有一种说法：重庆是抗战时中国的"陪都"，北碚则是重庆的"陪都"，号为"小陪都"。抗战时期，第一版联合国出版的中国地图仅标有三座城市：北京、上海和重庆北碚。

"夏坝"原名"下坝"。复旦迁至重庆后，中华人民共和国成立后曾任复旦第一任校长的陈望道先生以"华夏"的"夏"重新命名，寓意是"华夏之坝""青春之坝"。夏坝当时又号称"小延安"，也同样与陈望道先生有关。

陈望道，原名参一，又名融，字任重，浙江义乌人，出生于清光绪十六年（1890年）。现代著名学者、教育家、思想家和社会活动家，我国马克思主义的早期传播者、中国共产党的创始人之一。1920年初夏，他在中国共产党诞生前翻译了《共产党宣言》，是国内翻译《共产党宣言》的第一人。他在上海同陈独秀等人组织共产主义小组，接着又共同发起组织共产党，是中国共产党上海发起组的成员。1921年，党的"一大"召开后，中国共产党上海地方委员会建立，他当选为第一任书记。1940年秋,陈望道为避开汪伪特务的迫害辗转来到迁居夏坝的复旦大学,出任复旦大学教务长、文学院院长和新闻系主任。当年九月,周恩来在北温泉公园数帆楼专门接见了陈望道教授,久别重逢,两人亲切交谈至深夜。

陈望道在北碚的寓所就是东阳夏坝甘家院的潜庐。现今的潜庐是一座三层的砖混结构楼房,住着三户人家,门楣之上嵌着"潜庐"二字。当年这里原本是一座穿斗式木结构平房,青瓦夹壁墙。1982年,嘉陵江暴发特大洪灾,房子被淹,成了危房,于是改建成如今的模样,但其四合院的原始格局,以及大门门面和门楣上的"潜庐"二字均是原貌。潜庐的主人本是当地的开明绅士刘少隆,为支援抗战,他将这幢房子捐献给了复旦大学,再后来就成了陈望道先生的居所,他在此度过了六年时光。

当年的潜庐共六间房间,陈望道只留下一间作他同夫人蔡葵的住房,右边三间是中共复旦大学支部开展地下活动的据点,左边两间是中共中央南方局青年组直接领导的在隐蔽时期指导大后方学生运动的刊物——《中国学生导报》的编辑部所在地。

今天,国内的高校新闻系有"北有人大,南有复旦"之说,其中陈望道功不可没。1944年春,陈望道在新闻系中建起了中国第一个新闻馆——复旦新闻馆。新闻馆设在夏坝滨江的林荫道旁,馆内有十多间木柱泥壁平房,由陈望道亲自在社会上募集经费建成,新闻馆内有一台当时在重庆极为少见的美国RGA牌短波大型电子管收音机,每天到了晚上就收录延安广播和新华社的重要消息，提供给学校的进步壁报与刊物，不好公开刊用的，就相互口头传诵，延安的消息只要一发出，很快就会在复旦校园内传开来。久而久之，进步同学都感觉自己就像生活在延安一样，"新闻馆"因此成为当时全校进步师生争取民主自由的重要活动场所和联系解放区的重要窗口，这里也被复旦师生誉为"夏坝的延安"。

东阳镇是一个古老的城镇，因"日出江东"而名。南齐时为东阳郡，唐置东阳城，清代被洪水冲毁，名曰镇，实无此建制。当年这里没有电灯、没有电话、没有公路，只有十来间小商店和一些七零八落的民房。吃的是掺有稗子、沙子、鼠屎的"八宝饭"，居住环境十分简陋，当年陈望道先生从上海滩"十里洋场"来到此处，义乌人好清淡更不习惯川渝的麻辣，不免有"莼鲈之思"。郭沫若先生造访时曾为其题画，吟七律一首：

殊亲巴俗不相违，谁道吴侬但忆归。
自有文翁兴石室，频传扬马秉杼机。
温泉峡底弦歌乐，黄桷树头星月辉。
渝酒无输于越酿，杜鹃休向此间飞。

一位参加过《中国学生导报》工作的老同志，曾回忆起当年的甘家院岁月：报纸的编辑印刷发行是秘密进行的。每期报纸在重庆城里印好后运来，傍晚，吃过晚饭，他们秘密相约：甘家院。晚上，人到齐了，点燃蜡烛，卷报的卷报，封包的封包，写标签的写标签，大家干得真欢！有时，一位同学兴起，哼起了抗日救亡的歌曲，大家就跟着一起哼起来。每期报纸大家当夜封好，第二天送邮局。有时还坐木船横渡嘉陵江，将报纸送到对岸的学校去。

磁城曾有"三千名流"，名人旧居自然也不少，然而像潜庐这样依然保有居民，充满烟火气息的却实在不多，足可让人怀想那充满激情的火热岁月。走出潜庐，面前的嘉陵江水如石黛、碧玉，波光粼粼的江面缓缓流淌，正应了"一道残阳铺水中，半江瑟瑟半江红"的诗句。上游的草街电站修成之后，嘉陵江水势平缓，东阳应再无水患之忧，潜庐、复旦大学旧址等重要抗战遗迹庶几无忧矣。

潜庐　国画　50 cm×50 cm

敬惜字纸文星阁

碚城之中有一句笑谈："一辈子没出文星湾。"盖因文星湾上西南大学与西大附中隔马鞍溪相望，西南大学校内有附属幼儿园，附属小学亦离文星湾不远。于是便有人家住文星湾，又从附幼、附小、附中一路读上来，高考后考入西大，毕业后留在附中或西大工作，一辈子没逃离文星湾的光影范围。

文星湾民居紧凑，人丁兴旺，并曾有数家工厂在此。碚城人大多是对文星湾有感情的，交通畅达的小城北碚，文星湾桥头是少有的"堵点"，有多少人在文星湾桥头堵过车，在文星湾大桥上看过嘉陵江"两涘渚崖之间，不辨牛马"，一路浩渺倒灌入马鞍溪的"涨水"。尤其是西大的学生，很多都曾走过桥头去附中旁听实习，在文星湾桥头的小店铺里吃过烤鱼、水饺。

文星湾桥下的北温泉街道郭家沱社区，有一座营造于清代的马鞍溪文星桥，为单孔石拱桥，长40米、宽5米、拱高5.5米，占地面积200平方米。拱顶上方有魏碑阴刻"文星桥"三字。

文星湾的对岸，与其隔嘉陵江相望，北碚东阳镇黄桷树朱家沱的嘉陵江江边上还有一座"文星阁"。

"文星阁"又名"字藏塔"，系清康熙七年（1668年）由当地乡绅文人出资修建，后因其地处东阳街道而得名"东阳文星阁"。

文星阁为六角形7层密檐宝珠仿楼阁式实心石塔，占地约10平方米，其形制古朴、精雕细琢，塔高8米，塔顶有3个石球堆叠，以叠涩檐分作7层，每层约高1.15米，各层的六边壁面均镌刻文字或为背脊、瓦垄、勾头、椽头、连檐等形状。外廊呈檐、扳鳌悬空式造型。第1层6棱是笑狮望月，第2层6棱是猛虎下山，第5层临江的歇檐上有一块石匾，上面刻有"文星阁"大字。最底层一孔则是供人们焚烧字纸的地方，横额上刻有"惜字藏"三个笔力雄健的大字，是川渝地区典型的惜字塔。

惜字塔，是专用于烧毁有字纸张的地方，亦称为惜字楼、焚字库、焚字楼。川渝地区称字库、文风塔、文峰塔，客家地区称为敬字亭，台湾地区称为圣迹亭。据说，惜字塔始建于宋代，到清代时随着当时奎星崇拜风起的热潮遍及神州。惜字塔常建于场镇街口、书院寺庙之内，以及道路桥梁旁边，一些乡绅富户的高宅大院里也建有此塔。有些惜字塔的塔龛中还供奉仓颉、文昌、孔圣等神位，并配以相应的楹联与吉祥纹饰，当地读书人应考之时，每每至此焚香祷告，以求魁星（文星）护佑，使自己一举夺魁。

"文史星历近乎卜祝之间"，一路从甲骨卜辞中走来的汉字向来带有某种神秘、神圣的光环。据说仓颉造字之后"天雨粟，鬼夜哭"，大概鬼神也害怕人类从此掌握了文明的密码，得以窥探造化的神奇。至今神怪电影中道士伏魔的道具无外乎符箓、五帝钱、翻天印、量天尺、墨斗之类，仔细思量这些"法器"，其实都包含了人类的智慧机巧，象征了人们的"技术实力"，以此"驱邪"，根源里依然是"人定胜天"的思想内核，可见人们从内心还是相信科技人文的力量。

民族向来重视史料收集，古人更认为文字是"圣贤心迹"，因此字纸万不可秽用。久而久之，形成了"爱惜字纸""敬天惜字"的独特文化。清代各地更成立有"惜字会"，专门劝导人们敬惜字纸，当时的《善书》云："拾路遗字纸火化，百字为一善；遗弃字纸不顾者，十字为一过。"焚烧字纸不但有专门的礼仪，还建有专门的场所和设施，惜字塔于是应运而生。东阳文星阁应该就是清代奎星崇拜大盛时代的产物。

以三百年来的岁月沧桑来度量，东阳文星阁的保存可谓良好，塔身字迹俨然，塔旁的高大古树与古塔相依相存，树根缠绕，几乎已成一体，难解难分，各地常有"夫妻树"，不知此"塔树合体"的奇观又该如何称呼？

2014年，北碚区在塔下立有一块区级文物保护单位的石碑，正式命名该古塔为"东阳文星阁"。

悠悠千载，文字的载体已经从甲骨、石刻、青铜、竹简、纸张过渡至电子空间，人们面对字纸的观念也从"片纸珍惜"逐渐转化，目下连阅读都成了危机。惜字纸、惜字纸，其背后还是人们对文化的尊重与爱护吧，这样看来，文星阁及其背后"爱惜字纸，敬畏文化"的人文内涵，时至今日也应有其旺盛的生命力。

"张飞古道"品"三国"

苏学士在《东坡志林》一书中曾记:"涂巷中小儿薄劣,其家所厌苦,辄与钱,令聚坐听说古话。至说三国事,闻刘玄德败,颦蹙有出涕者;闻曹操败,即喜唱快。"可见"三国"故事在北宋时便已广为流布,其魅力甚至于可降伏"招猫逗狗""姥姥不疼,舅舅不爱"的"薄劣小儿",足以为时下育人者之镜鉴。至于今日,"三国"亦魅力不减,据其所改编尤其以《三国演义》为蓝本改编的影视作品、游戏层出不穷,长盛不衰。这一场"三国热"若从北宋算起,可谓千年来"高烧不退",令人神往。

"三国"的魅力除了那段波澜壮阔、风起云涌、充满戏剧性的历史之外,更吸引人的恐怕还有那些灿若繁星、豪气干云的英雄人物,刘备、关羽、张飞、赵云、曹操、司马懿……各个都充满了争议性和可解读性,以至于各类作品之中这些人物都拥有了不一样的色调、不一样的面容。其中,"三将军""猛张飞"怕是最接地气也最广为人所喜爱的"三国英雄"之一。与"神化"的"三界伏魔关圣帝君"所不同的是,关于张飞的传说故事很多与吃有关,君不见,有以张飞命名的牛肉、凉粉,又何曾听闻"诸葛兔头""关公刀削面"?大概,粗豪、疾恶如仇的"飞将军"更近烟火气一些吧。有诗赞曰:"生获严颜勇绝伦,唯凭义气服军民。至今庙貌留巴蜀，社酒鸡豚日日春。"

巴蜀本是蜀汉故地，自然有很多"三国"旧迹流传，碚城山水之中便有一条"飞将军"北上阆中时所开的"张飞古道"。《北碚志》有记："张飞古道，在嘉陵江三峡中，传说三国时张飞北上阆中，在峡东岸凿一便道，穿峡而过，后人称为张飞道。此道从观音峡上东阳镇，经禅岩、西山坪绕过温汤峡，由草街子、麻柳镇进入牛鼻峡到合川。此后成为渝合必经大道。蜀汉时凿有匾路，险若栈道，大水则登岸由匾道出峡，货栈俱不得行。皇清道光十六年（1836年），合川陈大犹等捐金数万，沿岸开凿三峡大道。"

现今，古道仍存，只是随着数条新通衢的贯通已不复往昔"三峡大道"的雄姿，数年来荒草漫浸，古树占道，不仅"车不方轨，马不并辔"，其险要处已然"才可通人"，几可"以一丸泥封之"，渐复"古张飞道""险若栈道"的风貌。然而这又是另一种"幸运"，所谓读旧书不可不访古迹，尤其《三国演义》这类的"讲史"小说，读书之余非得走一走古蜀道方知古人筚路蓝缕之辛劳，入蜀之不易，出川之难艰。方可知"败走麦城"之时蜀兵缘何不救，"火烧夷陵"之时孙权为何不追，方可明"能攻心则反侧自消，从古知兵非好战；不审势即宽严皆误，后来治蜀要深思"一联的深意。

碚城的妙处正在于此，域内不仅有以秀美闻名的缙云山、以险幽引人的金刀峡、冠绝重庆五大温泉的北温泉，更富有人文景观。境内千年古刹、文人旧居、抗战遗迹比比皆是，小小北碚竟拥有国家AAAA级景区两个，国家AAA级景区一个,国家AA级景区一个,能居于此、能游于此,幸甚至哉。行走于"张飞古道",便可体味此妙,低头品"三国",举目则古树参天,可猜想何树为"飞将军"所手植,侧目便为"小三峡"之中的"温汤峡",《北碚志》有记"温汤峡,又名温塘峡,温泉峡。以'峡岩之半,泉如汤腾'而得名。民间又称二岩峡。因江左悬岩被一小溪于中截破,形成两岩对峙,宽不过数丈,高达数千尺。奇特壮观,俗称二岩,故有此称呼。温汤峡从马家沱到大沱口,全长2.7公里。两岸山势高峻,奇峰突起,高达800多米。左岸西山、禅岩,岩壁挺立,犹如刀砍斧削,屹立长空;右岸缙云山,林木葱蔚,高耸入云"。古道之中"古桥横陈,飞瀑流泉,苍松倒挂,怪石悬空"。路旁古寺摩崖,石刻壁立。对岸可望见游人穿行的金刚碑古镇,遥望隐于山中蒙哥大汗曾养伤于斯的北温泉,畅想当年"神雕大侠"飞石击死蒙哥大汗的雄姿,带一卷《神雕侠侣》,思量下金庸小说中有意为之的"张冠李戴"。行至终点,则还有一三面环江,仿佛无边界泳池的"野温泉",可以沐浴,可以泡足,舒一路之疲累,咏"沧浪之水清兮,可以濯吾缨;沧浪之水浊兮,可以濯吾足"之句,不亦乐乎!

拣一风朗气清之日,或携美眷,或伴亲朋,带一卷"三国",拿一壶老酒,缓步慢行于古道,赏嘉陵流碧,品古道幽趣。最当大嚼一束据传为"飞将军"行军时所发明的牛肉干,回想"三国"中的金戈铁马、鼓角争鸣,养一养胸中的"浩然气""英雄气",论一论"善画美人"、两女皆为皇后的"飞将军"究竟是"身长八尺,豹头环眼,燕颔虎须,声若巨雷,势如奔马",还是"上马击狂胡,下马草军书",翩然一儒将。如此种种,足可大抒胸臆、消数日之憋闷,乐哉!美哉!诸贤人君子应做歌唱之,吟诗咏之,写文赞叹之。

建文遗迹天子寺、天子寨

建文四年（1402年），燕王朱棣攻入南京，皇城燃起了大火，当时场面混乱不堪，便有传言说建文帝并没有丧身火海，而是借着爷爷朱元璋的预先安排，改换成僧人面貌逃了出来。更有传说他一路逃到了西南边陲，于是云南、贵州、四川、重庆都曾有建文帝出现的传闻。

仅在重庆，和建文帝行踪传闻相关的遗迹有史可考、有文可查、有据可循的就有三十来处，有关的地名更是上百，几乎遍布重庆全境。乃至形成一个"建文帝传说带"，沙坪坝磁器口龙隐寺、渝北御临河、江津会龙庄、荣昌万灵古镇、巴南建文峰、江北、长寿、南岸、北碚、璧山等地，在旅游业日益兴旺发达，"讲故事"之风日盛的今天，似乎重庆哪个地方没有建文帝来过反而很奇怪，好像这位逃亡皇帝，一路从容不迫，慢慢游遍了巴山渝水。

北碚东阳的西山坪有一个古老的寺庙叫天子寺，一个古寨叫天子寨，传说都和建文帝有关。

天子寨位于西山村境内的一个小山顶上，建于清咸丰年间，因天子寺在其寨墙垣中故名天子寨。寨子由居住在那里的谭家、周家、李家为防御外来侵犯联合主持修建。由于此处四周平坦，无悬崖绝壁，所以整个寨子四周全部建有由条石砌筑的寨墙，高8米左右。有前后两道寨门，寨内无田，有土地30余亩。而今，古寨四围的城墙基本留存完好，只是寨门毁损严重。

寨中的天子寺建于元朝末年，原名须弥寺。其地形状若莲花，四周树林茂密，风景清幽。

据说，元朝末年有一僧人云游至此，见西山坪地势平坦，古木参天，风景奇异，一小山丘堡如同莲花盛开，四周佛光闪烁，顶上祥云飞来，云彩中仿佛飘出"须弥"字样。于是僧人当下发愿，在此结茅而居，化缘建寺。寺庙建成后便命名为须弥寺。清朝年间庙宇和寨子重修之后，更名为天子寺和天子寨。

相传当年靖难之时，建文帝从密道中逃走，拿着爷爷朱元璋留下的锦囊，打开一看，里面有张纸条及地图，有诗一首："御花园里家具房，黄金十根修庙房，打开烂柜换衣裳。柜下有一灯草洞，火烧灯草走他乡，日暮西山天子寺。"建文帝于是便改换僧装，一路沿着嘉陵江来到西山坪天子寺，在此处潜心修佛，还曾写下句子："僧为帝，帝亦为僧，一再传，衣钵相授，留偈而化；叔负侄，侄不负叔，三百载，江山依旧，到老皆空，数十载衣钵相传，正觉依然皇觉旧；八千里芒鞋徒步，西山更比燕山高。"寺中有两重殿宇，殿中竖有长尺余、宽3寸的木牌，上书"须弥山募化贫颜米"楷体字，笔锋秀丽，传说为明建文帝手书。

传说虽然虚渺，漏洞颇多，但天子寺和天子寨满目青山，遥望西山岭蜿蜒如酣寝之龙，微风掠过，草木翕动，呼吸间山气清爽，这深山中的清幽风景却是避世修行的绝好去处，行走之间，又何必深究呢？

继往开来看歇马

歇马，位于北碚区西南部，距北碚主城区 9 千米，距重庆市区 56.5 千米，地处中梁山和缙云山脉之间，东临龙凤桥街道，南靠沙坪坝区回龙坝镇和凤凰镇，西枕缙云山峦与璧山区八塘镇相连，北与北碚区行政中心接壤。民国时期地属巴县，建制为乡，1950 年调整到北碚。1956 年歇马、磨滩、回龙 3 乡合并为歇马乡。1986 年 4 月成立歇马镇。2018 年撤销歇马镇，设立歇马街道。

歇马地处中梁山和缙云山脉之间的谷地。翻越缙云山或者中梁山，人困马乏，歇马宽阔平坦，还有梁滩河流过，是人马歇息的绝佳地点。南宋时期歇马为送军邮、民信之驿站，故名歇马场。另一种说法是，从空中俯瞰歇马镇，就仿佛一匹奔腾的骏马，而由此得名"歇马"。民间还有一说：明清由重庆入陕，重庆至合川"秦巴古道"，驿站分为十塘。由井口二塘翻越歌乐山进入歇马，再翻越缙云山垭口，可直接到达八塘。重庆九龙坡区有一走马古镇，也是成渝路上的重要驿站，与歇马刚好相对应，大概马儿走到走马古镇休息足够了，就可以继续到歇马休息吧。

歇马植被茂密，环境优美，旅游资源丰厚，境内的磨滩瀑布落差 30 余米，气势磅礴。抗战时期，大量国民政府机关迁居于此。中苏文化协会迁来歇马场白鹤林，国民政府立法院迁来歇马独石桥，国民政府司法院迁来歇马连池沟，国民政府监察院迁来歇马大磨滩，国民政府最高法院迁来歇马涂家坪，国民政府司法行政部迁来歇马小湾，国民政府军事委员会战地党政委员会迁来歇马盐井坝，国民政府行政法院迁来磨滩富源村，法官训练所迁来磨滩石盘村。另外这里还有国民政府立法院院长孙科的别墅（大磨滩）等。

1943年与爱因斯坦同获"现代世界最具革命性贡献的十大伟人"称号的平民教育家、美籍华人晏阳初博士曾在歇马白鹤林创办了"中国乡村建设学院"，遗址及晏阳初纪念馆至今尚存。晏阳初当年到美国为乡建筹集资金，曾经游说美国富翁到梁滩河大磨滩钓鱼。中国农业科学院柑桔研究所于20世纪60年代在歇马建立，业绩卓著。2005年，与西南大学合并共建后，更显生机。

或许是因为这一段历史渊源，1964年，由于"备战、备荒"和三线建设的需要，原上海动力机厂迁至重庆，成立了重庆浦陵机器厂，几百名上海人就此扎根在北碚歇马场大石盘。1965年，1800多位江苏无锡动力机厂和河南洛阳拖拉机配件厂的职工，以及近2000名随迁家属会聚在了北碚歇马镇，迁建成了新的三线企业——红岩机器厂。川仪厂、光学厂等一批三线建设企业也陆续入驻，这些重要工厂的迁入，使得歇马的经济和社会建设均得到一日千里的发展，更直接影响了改革开放以后歇马的发展进程。

如今的歇马主要以摩托车配件、纺织、建筑为支柱产业。全镇共有规模企业23个，乡镇企业总计272个；民营企业乡镇企业 236 个，其中，工业企业 223 个，规上工业 19 个。多年来，歇马镇社会经济发展名列北碚区各镇前列，2001 年、2002 年被重庆市政府评为"发展乡镇企业明星乡镇 30 强"。

2019 年，歇马街道全域纳入重庆高新区，歇马隧道即将全线贯通，轨道交通 7 号线也即将开工建设，作为连接高新区和两江新区两大热点发展板块的纽带，歇马有望成为北碚乃至重庆的新发展高地。

乡建记忆晏阳初纪念馆

北碚的乡建文化之所以蜚声海内，其实不单单是因为卢作孚，而是一大批乡建先驱共同努力的结果。20世纪二三十年代，中华大地上曾掀起了一场规模大、时间长、波及广的乡村建设运动。这是历史上引人注目的一件大事。当时，海内涌起了数百个乡村建设团体和机构，出现了一大批乡村建设的杰出人士，其中最具代表性的是晏阳初、梁漱溟、卢作孚，他们号称"民国乡建三杰"。巧合的是，他们都出生于1893年，而且虽然他们在乡村建设运动中的设想和做法各有不同，却仍然是互相支持、互为知己的好朋友，而且都和北碚这片乡建热土有着很深的渊源和交集。

卢作孚把重点放在经济建设上，以"乡村现代化"为乡村建设的目标。1927年，他出任北碚峡防局局长后，在北碚开展乡村建设运动，誓将"匪患之地"打造成"皆美丽、皆可游览"之城。更难能可贵的是，他和卢子英的"海纳百川"和爱才之情，让乡建贤士大展身手、尽显才干。

梁漱溟建立村学乡学，实行政教合一，从改变乡村政体着手进行乡村建设。他于20世纪40年代定居北碚，著书立学，创办勉仁国学专科学校，后改为勉仁文学院，并附设勉仁工农文化学校、勉仁农场。

晏阳初，四川巴中人，为中华平民教育促进会总干事、美国耶鲁大学博士，主张以推行平民教育、启发民智为主，以带动整个乡村的建设。1926年，晏阳初本着"解除苦力之力、开发苦力之苦"的精神，率领一批有志之士及其家属来到河北定县农村安家落户。这批人中，不少是留学美国的博士、硕士，或国内大学的校长、教授。他们来到农村，进行乡村建设实验，在社会上引起极大反响，被誉为"博士下乡"。

晏阳初认为中国农民普遍存在"愚、贫、弱、私"四大病害。他提出要以学校、社会、家庭三位一体连环教育的三种方式，实施四大教育：以文艺教育治愚，以生计教育治穷，以卫生教育治弱，以公民教育治私，以此达到政治、经济、文化、自卫、卫生、礼俗"六大建设"。在他的主持和带动下，"博士"们把定县作为"社会实验室"，认真进行社会调查，扫除文盲，开办平民学校，推广合作组织，创建实验农场，传授农业科技，改良动植物品种，倡办手工业和其他副业，建立医疗卫生保健制度，还开展了农民戏剧，诗歌民谣演唱等文艺活动，受到农民的普遍欢迎。遗憾的是，日本帝国主义侵华，中断了他们的实验。

20世纪三四十年代，晏阳初在北碚歇马创办了"中国乡村建设学院"，致力于培养乡村建设人才。1939年到1949年，在长达10年的重庆岁月里，晏阳初及同仁，从农村经济、教育、卫生和地方自治"四大建设"出发，进行了一系列开创性的实验和探索。此后数十年间，这些经验和做法，被推广至台湾地区和世界其他国家，产生了深远影响。中国乡村建设学院办学 11 年，共招新生 1180 人，毕业生共 379 人，其中专修科毕业 134 人，本科毕业 245 人。该院 1951 年被接管，改名"川东教育学院"，翌年院系调整，并入如今的西南大学。1943 年，在纪念哥白尼逝世 400 周年大会上，鉴于晏阳初"将繁难的汉字简化易读，用书本知识开启万千不识字人的心智，用科学方法指导农民发展生产"，晏阳初与爱因斯坦、杜威、福特等人一起，被美国百余所大学和科研机构评为"世界最具革命性贡献的十大伟人"之一，而且，他是唯一获此殊荣的亚洲人。2012 年 3 月，为承接和发扬百年乡村建设丰富的历史资源与文化影响，强化相关的科学研究、人才培养与国际国内影响，西南大学发文成立了西南大学中国乡村建设学院，接续了这一段历史。

如今的晏阳初纪念馆位于北碚区歇马镇桃园村磨滩（中国农科院柑桔研究所内），占地面积 1900 平方米，房屋为木柱斗榫双夹壁土木结构三合院。为纪念被誉为"世界平民教育之父"的晏阳初，2011 年，北碚区对晏宅进行保护性修缮，辟建为晏阳初纪念馆，2013 年该馆被国务院公布为全国重点文物保护单位。

芸香飘飘柑桔研究所

行走于歇马的街头，空气中每每飘来阵阵橘香，令人心神安宁怡然。一拐进前往磨滩瀑布的公路，路两旁多是枝繁叶茂的橘林，放眼望去，满眼青绿。这一切都根源于歇马的柑桔研究所。

中国农业科学院柑桔研究所（西南大学柑桔研究所）成立于1960年。占地面积1918亩，是唯一的国家级柑桔专业科研机构。2000年，合并进入西南农业大学，2005年，随西南农业大学合并进入西南大学，成立西南大学柑桔研究所，保留中国农业科学院柑桔研究所名称，实行中国农业科学院与西南大学共建、以西南大学为主的管理机制。研究所以开展柑桔科技创新、促进优势产业发展为重点，科研工作包括种质资源收集、评价与保护，以及新品种创新与推广等。

数次去歇马，都在柑桔研究所门口路过，可惜的是，回回都是过其门而不入，无缘深入这片橘海一探究竟。北碚作协每年都会举办名为"碚城秋韵"的采风笔会，有一年安排在歇马的柑桔研究所，终于又了结一桩心愿。

中国人对土地的深情是与生俱来，根深蒂固的，尤其是诗人们。于是仿佛孙悟空来到了蟠桃园，不免欢欣跳跃，喜形于色，而最兴奋的莫过于傅天琳夫妇了。

著名诗人傅天琳和丈夫曾在缙云山农场工作生活了近20

年，主要工作便是与橙橘为伴，农场生活给傅天琳创作诗歌带来灵感，她以果园为主题的诗集《绿色的音符》，1983年获得了全国首届优秀诗集奖。2010年，她又凭借诗集《柠檬叶子》获得第五届鲁迅文学奖诗歌奖。傅天琳说："我给果园写了两本诗集，一本叫《绿色的音符》，另一本叫《柠檬叶子》。"这两本果园诗集都获得了全国大奖，可能也是果园带给她属于她的诗人的回报吧。傅天琳曾深情地告白："漫山桃红李白，而我一往情深地偏爱柠檬。一枚60~70毫米大小的柠檬，让我无端端联想到大海，因为它的汁液无比充沛，蕴藏的酸苦汹涌澎湃。它的内心是我生命的本质，却在秋日反射出橙色的甜蜜回光。那味道、那气息、那宁静的生长姿态，应该就是我的诗。"

于是那天，在橘园中，傅天琳夫妇就仿佛回到了家，女诗人们陪傅老师在林中拍照，罗老师则指着一棵一棵的树，给我讲各种果树的知识，从分类、培养到养护，田间林下仿佛成了教书育人的教室。我惊异于林中飘浮的奇异香味，他说这里的种种柑橘、柚子、橙子、柠檬其实都是属于芸香科，那种香味便是芸香了，原来如此。

果园中间，是一座建于山顶的观景台，登顶之后，这片芸香浮动的果园便历历眼前。与平常的观景台所不同的是，这里其实是一位老者的坟茔。这位老者正是这片橘圃最虔诚的守护人，我国著名园艺教育学家、柑橘专家曾勉。曾勉先生是柑桔研究所第一任所长，创办并主编了《园艺》《中国园艺专刊》（英文）等期刊，在潜心于园艺研究之外，更有"中国人须研究中国之产物,庶不失吾民族之地位"的大我情怀。他常常走出科研室,去田间、农舍与农民们深入交流,在当地老农的心里他不仅是严谨的专家更是亲切的老朋友。作为柑研所的开创者,曾勉先生对下一代柑研人的培养更是尽心尽力,以他的学识和温情培养出了一代又一代优秀接班人。这样的事迹,这样的情怀,实在是让人肃然起敬,诗人王琳更深情地将这座观景台呼为"曾勉山",并以此为题写下一首新诗。傅天琳那天写下一组诗,足可见其深情:

四片叶子
——致敬曾勉

一个老人,他一生要做的
就是取出鲜橙里的阳光和雨水
他必须首先让自己
潜伏在一棵树的基因里
从发芽开始,缓慢地生长
所以他活在速度之外
急功近利之外
他能准确测出一朵花香的重量
从一千亩的风中,酿制出
一万亩的蜜来
他把自己放在山山水水之间
披星戴月,栉风沐雨
率领庞大的芸香科家族

在长江之南打下锦绣江山
这些有骨有血有情有义的树啊
年年秋天都会挽着他的衣袖
走下石阶,盛装出席大典

柑橘园

曾经给过我一千只蝴蝶
一千片叶子,一千亩春天的柑橘园啊
你把花朵和波涛
都同时刻写在我的履历表上了
我和我的姐妹
用勤劳和最大的敬意
对待这群四季不落叶
糖酸比最为适度,甚至
长着肚脐的植物精灵,认定
与你同宗,与你血缘相近
汁液如此饱满,口齿如此清新
我住进你的脏腑
听你血液里的水声。日复一日
我就是一个被果汁灌醉的诗人

果园诗人

我在历数我的种种愚钝和过错
这辈子是否能做成一个诗人
仅仅一片柑橘园的诗人

沿着叶脉走一条浅显的路
反复咏叹，反复咀嚼月光和忧伤
这片林子是和我的青春一起栽种
和我的幸福一起萌芽的
就是心痛，也要痛在你的树上
曾经以为仅仅做你的诗人，太小
这是何其难得的小啊我又是何其轻薄
果园，请再次接纳我
为我打开芬芳的城门吧
为我胸前佩戴簇新的风暴吧
我要继续蘸着露水为你写
让花朵们因我的诗加紧恋爱
让落叶因我的诗得到安慰

林　中

林中，她情不自禁打开全身呼吸
任一种液状的光灌进去
热热的，小虫虫爬过痒痒的
回肠荡气的感觉
从头顶直到足心
真好！一滴汗，一滴善，一滴纯
毕生不能没有的一滴之轻
她如此沉浸于自己的忏悔
她在外面世界转了多久
全身裹满多少灰尘

都市飞瀑大磨滩

瀑布，在山城重庆是并不罕见的。但那些气势磅礴的悬崖飞瀑往往"藏之名山"，要到山谷之中、密林深处去寻觅。其实，重庆主城区也藏有唯一的一处大瀑布——大磨滩瀑布。

全长88公里的梁滩河，从九龙坡区走马镇廖家沟水库发起，在缙云山脉和中梁山脉之间如龙般蜿蜒游走，流经九龙坡、沙坪坝、北碚三区的走马、白市驿、含谷、西永、土主、歇马、北温泉等15个集镇，最后在北碚毛背沱汇入嘉陵江。北碚境内的梁滩河称为龙凤溪，其分界点就是大磨滩瀑布，瀑布之上是梁滩河，梁滩河跌下瀑布就成了龙凤溪。

大磨滩瀑布位于北碚区歇马街道天马村，距北碚城区十公里左右，气势磅礴，离瀑布很远就能听得到如雷轰响。雨水充盈、流量充沛的日子，一道宽超60米的瀑布从天而降，坠入高近40米的崖下深潭之中，与宽阔水潭之中的岩石相激，更飞起一幕幕如野马奔腾的水雾，即便站立水岸，离瀑布相隔甚远依然能感受到扑面而来的冰凉水汽。悬瀑正中，曾有一人工开凿的洞穴，已用石板封闭，人不能入。右侧有石屋两间，也系人工凿岩而成，各长6米，宽3米，高2.5米，一上一下，两屋相通，下屋内有石窗，可观瀑布。左侧有一石洞，须攀缘至岩壁黄桷树才能进入，是当年百姓躲避匪患之处。瀑下深潭，水深十数米，宽百余米，碧波荡漾，清澈见底，可荡桨其中，令人流连。抗战时期，孙中山之子、国民政府立法院院长孙科在此建有别墅一处。

大磨滩的由来一说是因为上方河中石滩上有一块状如石磨的圆形石头，一说是河岸边有一大水磨，可惜遗迹不存，难以考证。大磨滩瀑布离城不远，历来题咏者众，郭沫若、翦伯赞、于右任等众多名人墨客曾游览于此，并留下大量诗篇，其中以赵筱麟的《高滩喷雪》最让人心动："悬岩镇日雪花弹，十里清溪大磨滩。万古晴空霏玉屑，我来六月亦知寒。"

瀑下数百米，另有小坑岩瀑布一道，瀑高 8 米，宽 40 米，瀑上建有石桥一座，水击乱石，浪花飞溅，水雾迷茫，别有一番情趣，两侧翠竹成林，葱葱郁郁，景色绝美。

大磨滩瀑布和小坑岩瀑布都建有电站，这也源于卢作孚。大磨滩瀑布旁有一派建筑，正是高坑岩水电站。高坑岩水电站，是重庆水力发电的滥觞之地，曾被水电专家朱文杰列为中国早期水力发电的典型案例。1932 年底，上海英商马尔康洋行的总经理马尔康来北碚参观，顺便去测量了高坑岩的水力。卢作孚又请工程师分别来测量，有张华、守尔慈和吴福林，还有工程师学会入川考察团的黄辉和周镇伦，分三次测量高坑岩的水力。1943 年 6 月，公司正式定名为富源电力发电股份有限公司，专门从事高坑岩水电工程的开发。董事长钱新之，经理谭锦韬。1945 年春，富源电力正式运营，为北碚各单位，包括大明厂，提供电力。后来，富源公司把电线牵过了嘉陵江，为复旦供上了电。1945 年 8 月 10 日，中美英苏已接受日本请求投降的消息传来，北碚连续两天举行了火炬大游行，彻夜狂欢，富源公司也破例通夜供电，北碚第一次成为不夜城。

  2020年5月，作为梁滩河流域生态综合治理项目（一期）的重点工程之一，作为北碚区加快推进"黑臭水体治理提升暨清水绿岸"工程的一部分，占地面积610亩的大磨滩湿地公园建成开放，大磨滩瀑布水域、岸线、周边环境进行了整体改造。经过有效治理，梁滩河水质显著提升，让大磨滩湿地公园显现清水绿岸美丽景象，其也成为市民休闲冶游的好去处。

大磨滩瀑布　国画　50 cm×50 cm

恬静幽谧孙科别墅

所谓"智者乐水,仁者乐山",碚城山水俱佳,自然吸引了不少文人墨客吟咏驻足。

歇马背倚缙云山麓,内有梁滩河、大磨滩瀑布,植被茂密,环境清幽,交通便利,是隐居工作的好去处。抗战时期,原国民政府立法院、司法院等六大机构迁建于此,其中国民政府立法院迁驻于歇马独石桥,中苏文化协会位于歇马白鹤林刘家大院。孙中山之子孙科自1932年起长期担任国民政府立法院院长,1936年"中苏文化协会"成立,孙科出任首届会长。抗战爆发后,他随国民政府内迁重庆。孙科随立法院来重庆之初,住在如今的渝中区李子坝嘉陵新村189号,号为孙科公馆。

孙科公馆俗称"圆庐",为一栋砖木混合结构二层别墅,建筑主体平面为正圆形,故名"圆庐"。圆庐由著名设计师杨廷宝设计,底层以毛石垒砌,二层砖墙抹灰,坡屋顶,小青瓦覆顶,屋顶正中出圆形阁楼。主体南侧接矩形房屋一间,为坡屋顶,风格简洁流畅,造型独特优美。造型独特的圆庐,反映了民国时期公馆别墅建筑风格融会贯通、技法推陈出新的特点。

圆庐之所以造型独特,是因为它在作为寓所的同时兼具舞厅功能。孙科二夫人蓝妮身为苗王公主与上海滩交际风流人物，对于她跳舞既是天赋又是爱好。中国近现代建筑史上素有"南杨北梁"之说，杨即杨廷宝，梁即梁思成。杨廷宝毕业于清华大学，又曾留学美国宾夕法尼亚大学建筑系，他设计的圆庐遵循传统又别具创意，外形酷似一枚大勋章，大圆屋顶有如伞盖，同圆心的二层楼其形仿若碉堡，墙上开窗，内设舞池，自然光线穿透顶层小楼直射底楼，形成特殊的光影效果，其精心处理过的管柱连接顶层，用于除湿通风，保持舞池空气清新。圆形舞池四周分隔为扇形小屋，用于跳舞换衣服专用，十分考究，是喜爱社交舞蹈的蓝妮举办舞会的理想场所，1942年秋这里曾是国共谈判的场所。

孙科身兼多职，他在独石桥办公之余，偶入天马村，被眼前悬崖飞瀑的美景吸引，遂决意在此建屋居住。或许是"身兼多职"的圆庐过于热闹了，歇马的孙科别墅以清幽僻静著称，就建在大磨滩瀑布旁的晒布台山嘴上，是一座中西合璧、黛瓦粉墙、矮垣合围的小院，主体部分是坐南朝北的青瓦屋，门前的小路用整饬的条石铺就，推开房门即可看见飞湍瀑流。

莺歌燕舞的圆庐和清静幽雅的歇马别墅，孙科到底心仪于哪一个呢？圆庐现在遗迹尚存，往年的热闹依稀可寻；歇马的孙科别墅以前尚有红砖平房的遗迹可考，如今随着歇马的不断转身变迁，已荡然无存了。所以我们现在已然无法详细追述其细节，更无法与圆庐相比较了。

孙科有民国"四大公子"的别号，但他并非不学无术的纨绔子弟，平生最大的爱好就是读书，其南京寓所曾悬有自题的"养浩然气，读有用书"书法作品，也是他时常自勉的座右铭。

孙科久居高位，曾任中华民国行政院、立法院、考试院院长，1947年并任国民政府副主席，1948年与李宗仁竞选副总统，却与父亲孙中山一样"不蓄私财"。孙科夫妇出国远行的盘缠，还是靠卖了房子凑足的。迁居美国后，为了节省开支，孙科自己种菜，自己烹饪洒扫，生活异常清苦。当时有人曾这样描述他的生活："一幢简陋的平房，没有地毯，没有仆人，凡事自己动手，曾经是叱咤风云的人物，而今却能自甘淡泊，然而他的精神生活却非常富足，他的家中，到处都是书籍。"对于在美国的生活状况，孙科曾回忆说："在美国定居的一段悠长岁月中，友朋酬酢甚少，唯有国内去的朋友，才不惜远道来访；不能前来的，也多拍个电报或通电话，张君劢先生亦时相过从，所以除了偶尔外出小作旅游外，大部分时间都消耗在读书上面。"有人这样评价道："孙科能在大洋彼岸一旖旎小镇以读书为乐，实属国民党政要显贵中的凤毛麟角。"

这样一位热爱读书的人，想必适宜读书的环境才更吸引他吧，这样看来，恬静的歇马别墅应该是更胜一筹了。

墨香幽幽天台寺

对于重庆而言，巴县知县王尔鉴是一个绕不开的名字。王尔鉴，字熊峰，河南卢氏人，清雍正八年（1730 年）进士。王尔鉴初官山东济宁州知州，乾隆十六年（1751 年），因故被朝廷降职，降补为巴县知县。迁居重庆的王尔鉴，"断狱兴利政声卓著，才气横溢诗文流芳"，十分重视地方文教事业，使巴县文风蔚然兴起。他精通诗词书法，政事闲暇之余，寄情山水，常以探幽览胜为乐事，其诗句对重庆山水归纳得系统而又全面。他亲自踏勘过巴县境内各处风景名胜，身临其境、细细观察、反复推敲之后，依据原"巴渝八景"重新厘定而成"巴渝十二景"，并撰诗著文渲染，使其扬名于世。

王尔鉴更出名的成就还有于乾隆二十五年（1760 年）成书的十七卷《巴县志》，是他历经十年辛苦主持编修而成，并亲自作序。历史上，《巴县志》有三部，第一部是王尔鉴修的乾隆《巴县志》，第二部是清同治《巴县志》，20 世纪 30 年代向楚主编有民国《巴县志》。但被后人引用最多的，还是以乾隆《巴县志》为最，又称"王志"。王尔鉴写有一首《宿天台寺》：

平生梦想到天台，曲径幽通净域开。

借问苾蒭寻药去，可曾神女踏云来。

帘垂瀑布色如练，屋起松风涛泛雷。
即此栖真远尘市，漫劳鸣珮动人猜。

诗中所写的正是北碚歇马小湾的天台寺。《巴县志》里记载："石竹山，正里一甲，城西北七十五里，高一里。顶如鹤脑，有苦竹，每月夕风至，如闻环珮。山下有天台寺。"天台寺，位于北碚虎头山，始建于明嘉靖五年（1526年），以供奉燃灯古佛、千手千眼观世音菩萨等而闻名遐迩。虎头山海拔约600米，四面环山，中间一马平川，有"身坐虎头山、脚踏莲花山"之美名。

悠悠数百年，位于山顶的天台古寺（为区分，民众称为"上天台寺"）几经废建，现已无僧人居住，仅残余部分重建的遗址。寺名来历现已难以考证，或云是天台宗僧人来此兴建，或云因山顶平整如台而得名。2004年，佛门弟子释普觉在山腰复建天台寺（为区分，民众称为"下天台寺"）。

下天台寺虽沿袭古寺"天台寺"之名，却非原址复建，而是新址重修，背山面水，环境幽静，香烟缭绕，交通便利，沿北碚区歇马街道小湾村方向盘山公路可驱车蜿蜒直抵山门。进寺而来，可见山门高耸、院墙明黄、烛烟袅袅，千手观音宝相庄严，一派佛门圣地景象。自2004年开始，天台寺先后建成了天王殿、圆通殿、财神殿等众多建筑，建筑面积达1.8万余平方米。

天台古寺遗址曾以供奉燃灯古佛而闻名，往昔有高僧住锡，清人赵筱麟在《天台圣灯》中描述此间极盛时光景："同与峨眉臻圣域,岩前万盏看明灯。"后遭彻底摧毁,今虽部分重建,却依然荒草离离。遗址一侧不远处,有一方不大的水池,四壁石块垒砌,水面呈黑色,名为墨池。

古代读书人多喜欢在寺庙中苦读,可能是喜欢庙宇的清幽僻静吧。缙云寺有宋代状元冯时行,还有他的洗墨池。天台寺的这位读书人据说是明代的进士甘颐,那方墨池就是他当年苦读时洗墨的洗墨池。

历史上也好,如今也罢。那些或地势便利或偏远的景点,大都借由文人墨客的笔端而扬名,甚至踪迹消散仍然留名翰墨,这大概就是文字的魅力吧。

天台寺山门 油画 50 cm×50 cm

生机暗藏同兴老街

嘉陵江畔的重庆北碚童家溪镇有一条同兴老街。

同兴老街旧称同兴场，位于北碚南端，地处中梁山麓至嘉陵江岸的狭长地带。东临嘉陵江岸，与重庆北部新区礼嘉隔江相望；南与沙坪坝井口邻接；西与沙坪坝中梁镇相连；北与北碚区蔡家接壤。

一条童家溪缓缓淌过同兴老街，吸引了上下嘉陵的航船。同兴场始建于明末清初。清乾隆时，湖广移民沿嘉陵江而上，童家人插竹笆为标记，占据此地，以及侧边的小溪，当地人便把这条小溪称为童家溪。

借着嘉陵江上行船的便利，童家溪人在此开行设栈，吸引过往船只停靠。船装货来，而当地产的煤炭、粮食及其他土特产也往外运。人气渐旺，附近乡场上的人也常来童家溪赶场。

清末，当地士绅、商人聚议，决定修一座川主庙。大家聚资修了庙子，地址选在今同兴税务组。共同聚资修庙，众心同一，借川主保佑，共同发家致富。因这两层含义，庙修好后取名"同兴场"。在庙前立了一块石碑，碑上刻了"同兴场"三个大字。

历史上同兴区划几经变迁，却始终远离闹市，同兴老街从街头到街尾，一条宽约一丈石板小街通向江边"同心渡口"，岔巷不多。较宽的地方，是两棵古葛树所在的一块坝子。

同兴老街上的建筑形式有宅院、铺面及简易住房。宅院是家资殷实的商人及绅士住宅，商人的宅院，当街是铺面，铺面后是四合院，内设住房、仓库、厨房、柴屋、厕所及小花园或花坛。铺面有双开间、三开间。铺门为活动门板，每日营业卸下铺板开门营业。铺面通常为一楼一底，穿斗结构，有木质的、夹壁的，也有砖木结构的；房顶盖青瓦。一般门面，多是平房，当街营业，里面住人，面积不大，设施简陋，木质结构。场头场尾以及场周围，多是捆绑房，河边一带有不少是竹席围搭的简易棚房。后来，随着工厂、学校的迁驻，同兴场的建筑有了发展。

如今，随着两江新区的发展建设，同兴老街所在的童家溪镇已纳入重庆市都市发达经济圈，同兴老街的发展逐渐生机暗藏。如今交通便利，成了北碚与重庆的公交换乘枢纽，乘公交车到重庆市中心以及北碚城区，都只需40多分钟。

同兴处于北碚嘉陵江水域的末端，水质相对洁净，江边有滩涂，水凼中生长着桃花水母，常见诸报端。

有时候落寞未见得不是一件好事，尤其是对旅游来说。同兴老街和很多嘉陵江上的老街镇一样，因航运而兴盛又因航运而沉寂，但也因此保留了老街的基本格局和建筑风貌，一条老街斜斜地伸向清清嘉陵江。小也有小的好处，地窄人熟，临街小茶馆小饭馆栉比鳞次，人声喧哗，街上老黄葛树苍翠如伞盖，容纳四邻闲谈。如今这里已经被打造成文创旅游老街，常可见游客往来，相信不远的将来，这条"老味道"十足而鲜活的老街，一定会焕发新的生机吧，毕竟仅"同心同德，同谋同兴"这句话就藏着深远的韵味，那寓意深远的"同心渡口"更是情侣们"打卡"留念的好地方。

庙迹依稀童家溪

人口繁盛、商贸发达的地方，自然香火旺盛。据童家溪镇志记载，童家溪境内有三座庙，两座是和尚庙，为新开山寺、天台寺，另外一座叫崇福寺，是一座尼姑庵，修建时间不详。崇福寺内原有少许佛像，现佛像已毁，住有几户人家。

相比来说，新开山寺规模稍大，建于童家溪镇建设村原治中河煤厂右侧，坐落在中梁山东翼的半山坡上。新开山寺建于明隆庆年间（1567—1572年），从山脚到庙子全是陡坡。在距山门50米处，屹立着一棵大树，树下有一块大而平整的油光石，人们都叫它"落魂石"。

据传说，这块油光石有灵，大树上的某一根树枝指向哪一方，哪方就会死人。到庙子去的人，若不小心在这块油光石上摔了跤，也会丢命。所以到庙子去的人，必须先拜大树神像，然后才往庙上走。一进山门，迎面的是第一大殿，正中塑有阎罗神像。大殿右侧是第二殿，左侧为第三殿，都是罗汉殿。再往上走，有百子殿、十王殿。全庙有神佛鬼魔塑像100余尊。寺中和尚有十多人，房屋十余间。每年都要办阎罗、送子、无常等定期庙会。

新开山寺曾以鬼神文化扬名，香火旺盛，人称"小丰都"，每逢庙会，甚为热闹非凡。尤其是"阎罗会"时，每年从正月初一到十五，从远近乡镇来庙朝山拜佛、焚香许愿者络绎不绝。办庙会期间,赶庙会的人以及过路行人,都可以在庙中餐饮,概不付钱。

在后来的岁月中,新开山寺做过民居,办过集体食堂,再之后庙堂拆毁,大树不存,荒草萋萋,只有那块所谓的"落魂石"尚在原地,记忆着曾经热闹的岁月。

童家溪的天台寺位于同兴村天台合作社。天台寺规模小于新开山寺,曾有神殿、和尚住房数十间。"四清运动"中,天台寺遭到破坏,殿中石雕、木塑神像被捣毁,木雕像则被烧掉。现在寺庙原址上草木葱郁,已看不到曾经的古刹踪影。幸运的是,还有一块古碑尚存,竖立在遗址路边,保存基本完好,石碑上的碑文依稀可辨。

碑文为候选知县纳溪县儒学正堂邑举人刘廷飏撰,内容主要是记述天台寺建寺始末及重建情况。天台寺为清咸丰二年(1852年)始建,咸丰十一年(1861年)岁在辛酉季冬之初立碑。碑文称赞天台寺环境似秦人桃源、刘阮天台,"歌乐迤逦,西连五老,东看白马,南座庆峰。而且江绕嘉陵,波光荡漾;溪跨童家,浪影迷离"。早年有古寺,断碑残碣。后有道长伍永元飞锡于此。又经过数十年,庙宇荒芜。"复得住持道郭松峰与其道友郭义振、郭义桃、廖义桂协力苦心,建修天台寺及辅下殿,及东西两廊满堂神像,约费三千余金。"

所谓"人杰地灵",寺庙作为某一地人口繁多、文化兴盛的体现之一,总映照着那一地的历史底蕴与渊源,甚至成为某一地的地标。人们的记忆总有着很大的惯性,在后面的时光里即便遗址不存,踪迹皆无,其名姓也会在人们的唇齿间留存。幸运的，比如歇马的天台寺，机缘巧合之下得以复建重现，运气差一些的就如童家溪的这三座庙一样，只留下了几个名字和传说，如同渝中区那"失踪的上清寺"，即便庙宇无存，那地名却一再被路过的人们提起。

六棱碑佑源古桥

重庆号为"桥都",据 2018 年的数据统计,当时重庆已建和在建桥梁超过 1.4 万座,这些现代化大桥大都横跨江河,气势恢宏,彰显着现代化大都市的气魄。不过,正如无论多么滂沱澎湃的大江大河其源头都不过是潺潺溪流一样,那些壮丽的虹彩也都由一座座小桥发展而来,而且,这些跨越溪流河汊的小桥在人们日常的行走生活中所起的作用甚至还要更重要一些,起码它们陪伴人们度过了许多载小桥流水的悠悠岁月。

重庆的古桥有多少呢,据重庆市地理信息中心、重庆地理地图书店编制的《重庆古桥地图》记载,重庆区域内有记载的古桥有近 800 座,其中 12 座被列入市级文物保护单位,现存最古老的一座石拱桥,位于重庆城东 125 公里处涪陵区马武镇碑记村。该桥始建于宋绍熙五年(1194 年),已有 800 年历史,是重庆现存最古老的、最大的一座石拱桥。

童家溪虽地处偏僻,但随着明清以降商贾往来的兴旺发达,跨越童家溪成了人们的刚需,再加上童家溪地处低洼,嘉陵江水极易倒灌,退水后潮泥淤积,此时一座坚固的桥越发不可或缺,于是就有了这座源古桥。

据《童家溪镇志》载,源古桥位于童家溪场西南约 300 米处,跨于童家溪小河沟上,地处同兴村。在国道 212 通车以前，是童家溪通向井口乡大路必经的一座石拱桥。桥高63米，长27米，宽46米。桥的两侧和桥洞上面雕有龙头、龙尾石像，现保存完好，往来行人依然不少。

当地人谈及源古桥，说桥边小山坡有一个"凉亭"。这"凉亭"实际是一个六棱青石碑，每棱宽0.35米。形状像一根石柱，高约3.5米。分上下两层，上层约占三分之一，高约1.15米，下层占三分之二，高约2.3米。底层根部埋于斜坡，有落差。两层都有亭式屋檐，檐高约0.2米，下层屋檐雕有瓦沟、瓦当、飞檐，檐角雕蝙蝠纹，工艺精美，基本完好。

六棱碑下层朝向石桥一面，刻着桥的碑文，其余五面刻捐资修桥人的姓名，如童应禄、赵永贵、李含春、龙在深、蒋陈氏、刘雷氏、李肖氏、陈龚氏……约数百人。

六棱碑上层只有四面，分别刻有"善结同缘""挹龙桥碑""永垂万古"及建桥时间。"挹龙桥碑"的"挹"字有剥蚀，但依稀可辨。建桥时间刻为"道光十七年丁酉岁建修"。"道光"二字有点模糊，但"丁酉岁"清晰。清道光十七年丁酉岁为公元1837年。似可断定，挹龙桥是源古桥原名。

源古桥六棱碑损害较重，残留碑文可辨的部分文字尚有"积善之家必有余庆、各僧宗禅、善莫大于修桥、积善降祥，募、于是议、计将众善姓名"等。

离源古桥几米远的地方，有一道十多米高的斜岩，一道山溪冲岩而下，冬季也飞流激湍，哗哗有声。水大时常常殃及行人，过去，人们以为恶龙作怪，所以在修桥的同时修了六棱碑。当地人将六棱碑称作"仆观音"，"仆观音"是观世音菩萨的捧珠龙女，传说她降龙伏蛟的法力不亚于观音。同兴人建"仆观音"于此，大概寄希望于她可抑制恶龙。两百年来，人们依然把她视作神灵的象征。

小桥流水人家，有古桥，有流水，这古街镇的岁月才更有诗意的味道。

生机焕发举人楼

重庆市北碚区蔡家岗街道的中环快速干道旁，有一座隐匿于郁郁葱葱山林中的举人楼。举人楼，又名陈举人大院，是清朝末期举人陈介白的儿子陈庚虞为了纪念其父陈介白为官清廉而修建命名的。

陈介白出生于1852年，光绪十五年（1889年）恩科中举，曾在贵州梓潼任官，其子陈庚虞曾任巴县团练局局长。辛亥革命后，他罢官返乡，和两个儿子在蔡家乡开办学校传道授业。民国初年，袁世凯企图称帝，让各县推举一人前往省城"共商国是，密授机宜"，以威力迫使大家支持其君主制，县人都推他前去，但陈介白坚拒不肯。说："吾虽老无壮，不能为新莽陈颂功德。"

1933年，陈庚虞请来外国设计师设计和修建了举人楼，"陈家大院"为砖木结构，是外国设计师融合中西方文化，历时三年建成，由大院主体建筑、后花园、院坝三部分组成，建筑面积960平方米，占地约10亩，于1936年竣工，然而仅仅一年之后，年高84岁的陈介白就病逝了。中华人民共和国成立后，陈介白另一子陈谨怀将此楼捐给人民政府，该楼曾办过乐一中学。1957年至1963年为重庆市第九人民医院分院。1966年至1980年被208地质队购用搁置设备。此后，被国营845厂购买作为厂汽车队停车场。2009年，举人楼以

"陈家大院"之名，被列为重庆市（省级）文物保护单位。

院中的举人楼共有20间房，而四合院的房间数更是达到了40间之多。举人楼是歇山式屋顶穿斗式砖木结构连排楼阁，八字朝门构筑精美，柱头上均雕刻着各式各样的精巧花纹。大院风格别具，同时兼有中式和西式的建筑风格，是20世纪30年代建筑中西合璧潮流的缩影。陈家大院历尽沧桑、又闲置日久，院内荒草萋萋，但院内的桂花、黄桷兰、古榕、银杏等众多古树名木，却因祸得福，绿树成荫。主楼、院坝虽都已经斑驳破旧，尘泥下漏，但当年的墙饰、砖饰、券拱、门窗、壁炉等却基本保存了原貌，依稀可辨，让人得以窥探大院主人当年的雅致生活。

举人楼因年久失修，一度要被拆掉，2006年，规划中的中环快速干道本要经过举人楼，蔡家组团管委会相关部门到举人楼考察研究后，认为该楼具有较大的文物价值。为完整保护举人楼，决定让施工单位将公路向北移动80米，于是中环快速路在蔡家岗立交附近拐了一个弯，为此搬迁一个乡镇企业，同时也将整个蔡家组团的规划进行调整，此举让投资多花了4000万元，但这一缕城市文脉却终于保留下来。

2018年，为加快实现北碚区"科教文化高地"这一目标，"陈家大院"以蔡家岗"灯塔公园"整体打造为契机，正式拉开保护修缮工作的大幕。

如今，"陈家大院"被重庆市地产集团购买作为私有权属，正在以"修旧如旧"的原则修缮，保护修缮整体打造的工期为8个月，总投资600万元。不久的将来，"陈家大院"

将引入酒店民宿、文创集市、创意餐厅等不同业态，届时，从民国时期一路走来的陈家大院将焕发生机，成为蔡家组团集文化、生态、休闲于一体的中心活动区域。

汽笛声声北川铁路

作为现代化的象征，铁路在近现代中国历史上总有着很大的话题性。四川如火如荼的"保路运动"，促成了武昌首义的成功，覆灭了一个王朝，却还是没能给天府之国带来铁轨和汽笛声。

巴蜀地区的第一条铁路诞生于嘉陵江峡区，源于卢作孚。《天府矿务局志（1933—1985）》，对北川铁路有专门描述："北川铁路1928年11月正式破土动工，到1934年3月全线建成通车，全程16.8公里，轨距610毫米。由于这条铁路原地跨江北、合川两县（后均属北碚区），又是由两县士绅发起修建，故取两县名第二字，定名为'北川铁路'，整条铁路都建在海拔450米左右的矿区山腰上。"

北川铁路的修筑，自然是为了华蓥西山煤田的开发。黄葛和文星有大量的煤矿和煤窑，这些煤炭靠肩挑背扛运到黄葛的码头，再用船运往合川或者重庆主城。人力的效率自然不高，为提高效率，唐建章、李云根、张艺耘等人就提出来建设一条轻便铁路，并从1925年开始筹备，命名为北川铁路。可惜数年来，因为资金筹集困难，莫说铁轨，连图纸都没有绘就。

卢作孚来峡防局之后，北川铁路建设紧锣密鼓地推动了起来。1928年初，从上海请来了胶济铁路的工程师丹麦人守尔慈出任北川铁路总工程师。又请发起人之一唐建章的侄子、北洋大学采矿专业毕业的唐瑞五当守尔慈的翻译兼助手，启动了规划和测绘工作。至于资金问题，因为民生公司也需要煤炭作轮船的燃料，在卢作孚的竭力劝说下，民生公司的股东同意向北川铁路投资，并由此进一步吸引了社会资金，终于启动了工程。

北川铁路由北向南，以大田坎为起点，途经代家沟、土地垭、老龙洞、后丰岩、文星场、兴隆湾、万家湾、麻柳湾、水岚垭等站，最后到达终点站白庙子，是当时巴蜀境内的第一条铁路，也是巴蜀境内的唯一铁路交通。按最初的规划，北川铁路将修抵黄葛码头，实施时却遭到黄葛乡绅全体反对，迫于无奈，只好改道从下游干洞子码头接嘉陵江，由此催生了一个新的场镇——白庙子。而黄葛，也失去了发展的契机。

在很长一段时间内，煤炭都是居民取暖做饭的重要能源，更是工厂运转的保障，于是煤炭的运输十分重要。尤其是随着抗战的全面爆发及国民政府迁都重庆，煤炭的需求量倍增，北川铁路的重要性更是与日俱增。据统计，仅在1943年，北川铁路运出的煤炭就占整个重庆地区总用煤量的50%以上，供给领域包括兵工厂、航运、纺织、发电以及居民日常生活等方面，为抗日战争的最终胜利做出了不可估量的贡献。

北川铁路初时用的火车头，都是进口的小马力火车头。卢作孚先生又调集技术人员，研究仿制，在1943年用上了自己造的大马力火车头，一造就是三个。

北川铁路在最初规划的时候就兼顾客用功能，一辆辆煤车的后面，常常挂着一节木制车厢，方便了北碚居民的出行。

所谓"成也煤矿，败也煤矿"，这本是资源型都市的通病，因煤矿而生的北川铁路，在1952年至1963年，随着沿线煤矿逐渐失去开采价值，几乎全部关闭，北川铁路逐渐由闲置到弃用，至1968年被全部拆除。

铁路象征着未来和远方，那一段蒸汽滚滚的工业历史也吸引着红男绿女游览打卡，近年来多少濒临废弃的蒸汽火车线路因而兴盛。北川铁路作为承载了人们历史记忆的符号，更常常为人们所怀念。2020年4月北碚召开了"北川铁路复建专题研讨会"，北川铁路将整体复建大概12公里，共设8个站点，首期兴建大概4公里，采用单线设计，预计于近期完工。新北川铁路的火车头将采用最传统的蒸汽机车来仿制，圆头车头加顶部圆灯以及传统式样的三个烟囱。

相信不远的将来，我们不只能在网页上、纸面上怀想汽笛声声的北川铁路，还可以实地感受时光倒流，领略小三峡的风景。

天府镇与天府煤矿

北碚有一座天府镇,其得名和一座著名的煤矿有关,那就是天府煤矿。天府煤矿是卢作孚从事嘉陵江三峡乡村建设组建的第一个大型企业。因四川素有"天府之国"之称,故取名"天府煤矿"。

天府镇位于北碚城区东北部,呈典型南北走向的"一山两槽三岭"分布,其煤炭资源非常丰富。天府煤矿开采的历史,发迹于刘家槽。17世纪中期,刘氏家族从外地迁入此地,这里土地贫瘠,不适合耕种,然而这一带的山涧里却蕴含着丰富的矿产,常年雨水冲刷,使得黑乎乎的煤炭暴露于地面,让居于此处的人们唾手可得,于是以天府镇为中心开发了很多矿井,小镇的经济也随着煤炭资源的丰富变得生机蓬勃。清末民初,这里的小煤窑星罗棋布于几十里矿区,并逐步发展兼并成较大的煤厂。

1933年,四川第一条铁路——北川铁路白庙子至土地垭段建成后,北川铁路公司董事长卢作孚,又进一步促成铁路沿线各煤矿同业合作,实行大规模开采,以求产运相济。经与麻柳湾公和煤厂、芦梯沟天泰煤厂、枧槽沟同兴煤厂、后丰岩和泰煤厂、老龙洞福和煤厂、石笋沟又新煤厂等6个煤厂达成协议,以各煤厂资产为股份,邀集民生实业公司与北川铁路公司投资,组建成天府煤矿股份有限公司,于1933年

6月24日宣告成立,卢作孚任董事长。抗战伊始,卢作孚请来著名的煤油大王、中福公司总经理孙越崎,与天府煤矿合作,使天府煤矿的煤产量由年产不到10万吨,猛增至50万吨。煤产量增加,运输跟不上,天府煤矿机电厂职工,率全国之先成功自制小火车头3个,使煤矿运量由日运量200多吨,猛增至1000多吨,有效地保证了陪都50%以上的燃料供应。加之,北碚三峡实验区与文化基金会合作开办了和平煤矿与宝源煤矿、复兴隆煤矿、全济煤矿、遂川煤矿、大祥煤矿等,抗战时期的北碚成了名副其实的煤炭基地,抗战时期一度担负着陪都80%的燃料供应。

1986年,民生公司成立60周年时,93岁高龄的孙越崎先生,还专门撰文怀念卢作孚:"我钦佩他的胆识,以致我二人始终合作得十分融洽,这是天府煤矿取得成功的原因之一。后来中福公司扩大合作范围,又与民生公司等合办了嘉阳、威远、石燕等煤矿公司,都由我兼任总经理。这些煤矿运用当时的现代化机器开采,产量大增。天府一矿的年产量多达50万吨,占了重庆地区全年煤炭产量的一半左右,满足了工业、交通和市民的用煤,有力地支援了抗战大业。这与作孚先生的大力协助,把中福煤矿大批器材和人员内迁入川,并真诚合作开发天府等煤矿是分不开的。当天府煤矿后丰岩矿厂建造的办公大楼落成时,我亲笔题名'作孚楼',以表彰作孚先生对抗战劳苦功高。"

煤矿工厂林立的天府,工人阶级队伍强大,早在抗日战争初期,许建业(曾担任中共重庆工委书记)、著名的革命者王朴，还有当时为复旦大学学生的共产党员沈钧都到该矿开展过革命活动，并建立了党组织。1947年，江姐（江竹筠）随丈夫彭咏梧到川东开展武装斗争，把不满周岁的儿子彭云，寄养在党组织基础比较稳固的天府煤矿子弟小学白庙子分校，后来，江姐还专门来到天府煤矿，看望彭云。

著名作家路翎的两部重要小说《饥饿的郭素娥》《财主底儿女们》都和天府煤矿、和北碚有关。1940年，路翎由继父介绍，到国民政府经济部设在重庆北碚区的天府煤矿矿冶研究所会计室当办事员，干一些记账、填表的杂务，他也由此接触到了矿工们的实际生活，创作了《家》《祖父的职业》《何绍德被捕了》《卸煤台下》等一系列反映矿区生活的作品。这些创作是如此真实，以至于有人认为路翎"学生出身，当过矿工"。1942年，丰厚的矿区生活积累使路翎开始进入创作高潮。当年4月，路翎写成了著名的中篇小说《饥饿的郭素娥》，此时他还不到20岁。其长篇小说《财主底儿女们》，当时居住于北碚的胡风为其从改稿到出版倾注了大量心血，并亲自为其写序。

一度繁花似锦的百年天府，20世纪五六十年代曾经是北碚区让人艳羡的最繁华地段，"天府人"曾被北碚人尊称为"天府老大哥"。然而20世纪八九十年代之后天府的煤炭资源几近枯竭，并形成了严重的采空区，80%的居民因此搬迁，非煤矿产业开始发展壮大，成为天府经济的重要支撑。

"80年代"文星场

文星场,也是北碚的一个大地名,碚城的不少单位因其而得名,冠上"文星"二字。这块地方位于北碚东北部山区,距北碚城区东北约8公里。文星场地处华蓥山脉天马山与飞蛾山之间的槽地,南北长约10公里,东西宽3公里。东西两面都是山,两山之间夹着一片平地,形状如槽,因此地刘姓人家最多,所以叫刘家槽。

文星场因文星阁而得名。文星阁始建于明代,阁中塑有文曲星泥像。清顺治初年扩修,改名文昌宫。清康熙年间,随着当地煤业的兴旺,文星场逐渐由几间草房扩为一条小街,出现商铺客栈,街面狭窄。清咸丰年间,文星场正式设场,因修有文昌宫,便取名文星场。

1933年,天府煤矿成立后,在文星场附近的后丰岩修建了办公用房、职工宿舍。抗战时期,天府煤矿大兴,文星场也随之迎来了一段兴旺发达的岁月,街道加宽平整,新修了文星支路、新富路,在后丰岩东、西山坡增建职工宿舍、办公大楼、广场、剧院、医院……铁路两侧小食店、杂货店以及市民用房逐渐增多,文星场与后丰岩两地逐渐相连,几与北碚老街相近。

文星场风景不殊,可登东山牛角庙远眺温塘峡、缙云山和北碚城区,近可登览天福寨、兔耳寨,域内的河西洞、金剑寺、老碉楼、老街、天府煤矿及北川铁路遗址，都是意蕴深厚的人文景观。

由于百年来的持续开采，20世纪八九十年代之后，随着天府煤炭资源的几近枯竭，在工业化时期热闹非凡的文星场走向了落寞，而且后丰岩和文星场一带都形成了严重的采空区，大部分居民因此搬迁到北碚焦家沟的天府新区，只留下了安土重迁的少数居民以及街道两旁人去楼空的房屋，热闹的文星场又回归了曾经的静谧安然岁月。

但这也使得文星场保留了很多20世纪八九十年代的岁月风貌，随着近些年对"80年代"的怀念之风越刮越盛，这片被遗忘之地，反而又成了不少人旅游摄影的好去处，成了怀念之旅的优选之地。

2020年9月，由张栾执导，马丽、常远、魏翔等主演的电影《小伍哥》专程来到此处取景拍摄，剧组稍加修正，添加了一些展板和道具便将街景复原成了20世纪80年代末90年代初的模样，时空仿佛瞬间倒退了30年，浓浓的"80年代"风貌扑面而来。在剧组取景拍摄的间隙，这穿越时光的一隅就已经成了特别的打卡地，吸引了不少人来此怀旧留念，一时之间人流如织。

近年来，不少地方借着影视拍摄的契机而"翻红"，但是很多"景区"不过是为了拍摄而建，那些蜂拥而上的雷同街景，为短期拍摄而搭建的简单道具，总显得"金玉其外"，内里的蕴含和味道还是少了些，免不了那股"快餐味"。如文星场这种风貌依稀、旧貌尚存的地方，其实还是凤毛麟角，如果能有好事者借着这个契机开发，文星场的复兴将指日可待。无论如何，借着这次电影拍摄的机会，不久我们将可以在大荧幕上看到文星场的身影，也是一件值得庆贺的好事。

金剑迷踪金剑寺

天府山川形胜,域内多有碉楼堡寨,风水佳妙的地方,更是古寺繁多。在天府代家沟村的金剑山社,就有一座破败残损的寺庙金剑寺。

金剑寺距北碚主城区17公里,距仪北公路800米,坐北朝南,由来久远,庙后有金剑山,海拔最高处700米左右,年平均气温15℃,最高温度34℃,最低温度-5℃,年降雨量1200毫米,日照1200小时左右,有1万多亩的国家天然林资源,树木多种、茂密,珍稀植物、古树众多,环境幽雅,素有"小缙云"之称。

金剑寺周围九峰连绵环绕,拱卫着这一块不大的盆地,状如一朵开放的莲花。莲花盆地的中央微微隆起,仿若莲台,金剑寺就坐落于此。当地人将这种地形地貌称为"九堡十岚垭",有"莲花宝地"之说。

金剑寺是由原来的莲花祠改建而来,其改名的缘由和一柄金剑的传说有关。相传明朝末年,刀兵四起,人民乱离。生活困苦,人们只有寄情宗教,于是庙宇大兴。一日夜半,有银盔银甲力士送来大量金银财宝和一柄金剑,留下"民取民用,金剑护佑"的偈语。自此之后,常常有善男信女在各个地方看到金剑,有的说在钟鼓楼,有的说在神殿,但凡祭拜,每有灵验,一时间风调雨顺,众人安乐,金剑山、金剑寺的名称也就流传开来，金剑寺也成为周边大小 48 座寺庙的中心。

张献忠入蜀之后，一时繁盛的金剑寺自然首当其冲，毁于兵火，僧众逃散，庙宇荒芜。按现存残碑的记载，清康熙二年（1663 年），有得道高僧来此驻锡，金剑寺逐渐重建，元气渐苏，后殿、正殿、前殿、戏台、莲池、钟鼓楼依次坐落在中轴线上，东西两侧还有上房数十间，专供僧侣和香客留宿。寺庙田产超过百亩，物产丰盈，再次成为方圆百里的朝拜圣地。

然而之后的岁月，那柄神奇的金剑也似乎消失了，很少有人再提起。民国军阀混战时期，人民苦痛不堪。金剑寺的钟鼓楼和点将台之间有一个密林深壑，叫杀狼湾。每逢半夜子时，往往阴风阵阵，瘆人心魂，有人在此又看到了那柄金剑，不过此时的金剑也没了往昔的神圣气息，只有寒气森森。

卢作孚先生主政北碚之后，大力开发天府煤矿，代家沟成为煤炭集散地，人来人往，金剑寺自然也随之兴盛起来。抗战军兴，人民流散，金剑寺的庙宇被利用改造成保育院、救治所。1949 年之后，金剑寺又被改造成学校。这似乎也是那个年代的习惯性做法，金剑的传说，渐渐很少有人提起了，再后来，连那座金剑寺也消失了，只剩下这片"九堡十岚垭"的形胜之地，山峰俊秀，林泉丰美。代家沟还发现有溶洞，长约 1000 米，洞内水源丰富，石山、石笋、石乳、石花造型奇特。

金剑寺的金剑传说缥缈神秘，却总是在人们最需要的时候出现，大概因为借神剑斩却妖邪是人们共同的愿望吧，既然世无妖邪，金剑自然应该藏之名山了。

飞机滑翔牛角庙

北碚的东阳除了张飞古道，还有一条牛角庙古道。以青石砌成，蜿蜒从山下一直延伸到山上的牛角庙。古道至今尚存，只是荒草漫浸，那铺路的青石也已经滑溜斑驳，多有不堪行走之处。

在那个并不太久远的岁月里，产于后丰岩、水岚垭一带的煤炭便是由挑夫挑着那颤颤悠悠的担子从这里运往山下的黄桷码头，再装船运往重庆等各个地方，那时候每天都有成百上千的青壮年甚至老人小孩挑着煤炭行走在这条路上。

而东阳附近的居民要去文星场，都要经过牛角庙这条路。这条路也是当年前往华蓥山烧香礼佛的信众的必经之路。所以又有"先有牛角庙，后有天府煤矿"的说法。

这座牛角庙声名在外，颇有名气，据说最早时是供前往华蓥山烧香礼佛的人们歇脚或夜宿所用。据说当年张献忠入川时大军过此，马匹却止步不前，四肢僵立，原来进山路口两边各有一座突兀的巨石耸立，仿佛一对牛角，整座大山好似一尊神牛拦住去路，无奈之下，大军只好绕路而前。当地居民感恩神牛庇佑，遂在此地建庙供奉神牛，命名为牛角庙。

牛角庙地势险要，位于天府前槽起伏连绵山脊上的一个鞍部，坐北朝南。站在庙前环望四周，左面为东，是被称作刘家槽的天府镇前槽，再远处上了山就是与静观、水土相望的后槽。右面为西，可以清晰俯瞰北碚朝阳码头、东阳、缙云山和嘉陵江温塘峡口。沿山脊一直往前就是嘉陵江观音峡。这时朝右走直通黄桷码头，往左行可达白庙子。

华蓥山由北向南延伸至此，被嘉陵江拦腰斩断成观音峡。天府镇由此形成"一山两槽三岭"而且富含煤层的地形地貌。明末以来，几百年间，人们除了挖掘煤炭自用之外，还源源不断外运，牛角庙正处在刘家槽煤炭外销的必经之路，而且是一个要塞之地。由于山高林密，匪患猖獗，人们遂在牛角庙这处鞍部停留歇脚，从牛角庙沿山脊走不远，有一寨子坡，便可以看到残存的石垒城墙和拱门。石门背后，一块状如鸡冠的巨石跃然眼前。站在鸡冠石上眺望四周，一览无余，自可起到防范警示作用。

后来，北川铁路贯通，煤炭的运输有了小火车助力，运煤就不必再走牛角庙古道了。再后来，随着磨心坡的煤炭开采，人们去北碚城区也不再走这条路，后面后丰岩代家沟的公路贯通之后，这条曾经人来人往热热闹闹的路就基本沉寂了，慢慢地消失在人们的视线之中。

1941年4月，中国滑翔总会在重庆成立，在牛角庙和寨子坡之间一处平坦之地修建了滑翔机场，直飞东阳夏坝，命名为"飞机坝"。

滑翔机在牛角庙滑翔台上被弹射装置弹向空中，然后盘旋飞舞，完成各种训练动作后，着陆在垂直高度350米、水平距离2500余米的机场上。降落后的滑翔机拆卸后，通过摆渡船，从北碚正码头运到对岸的黄桷码头，最后由搬运工沿着古道肩挑背扛运上山顶牛角庙。

虽然条件简陋，但这里仍然开创了中国滑翔运动史上的多个"首次"：首次滑翔机双座飞行，首次高山高级滑翔机试飞，首次夜间滑翔机飞行，首次水陆两用滑翔机试飞表演，并成功降落于嘉陵江水面……

1944年6月，美国副总统华莱士专程到北碚参观滑翔机飞行表演，目睹了六架高级滑翔机陆续从牛角庙滑翔台弹射升空，然后完成各种世界一流飞行动作，最终平稳着陆。如此简陋的环境培养出技艺如此精湛的飞行员，令华莱士连声赞叹。牛角庙遂蜚声海内，扬名在外。

偏居一隅夫子庙

但凡文艺兴盛的地方，总有文庙。北碚长期以来只是嘉陵江边的一个小乡场，自然够不上建立文庙的资格，承接了文庙功能的，是位于嘉陵江边庙嘴，创建于明末清初的文昌宫。文昌宫是"北碚三宫八庙之仅存者"，北碚的文昌宫所供奉的是文昌帝君。文昌帝君主宰功名利禄，出于四川梓潼。东晋宁康二年（374年），蜀人张育自称蜀王，起兵抗击前秦苻坚，英勇战死，人们追念他，遂在梓潼郡七曲山为之建祠，并尊奉他为雷泽龙神。同时，张育祠左近还有一座梓潼神亚子祠，两祠相邻，久而久之，后人就将两祠神名合称张亚子了，元仁宗延祐三年（1316年）敕封张亚子为辅元开化文昌司禄宏仁帝君，张亚子遂被称为文昌帝君。自此之后，文昌信仰大盛，各地多有庙宇。

天府的文星场得名即来自文昌宫，北碚的东阳还有一座文星阁，所谓"文星"指的是魁星。相对来说，至圣先师孔夫子的身影在碚城少一些。在天府镇后槽，有一座夫子庙。代家沟的马脑头社和黄荆堡社之间，有一座不算高的山峰。从马脑头一侧看，此山状如昂立马头。从黄荆堡一侧看，此山状如俯首卧龙。就在卧龙的颈项处，有一条通往静观镇金塘村七一水库的大路。在龙的头部有一块裸露的石壁，刚好构成龙脸形状。

夫子庙地处偏僻，声名不显，形貌也有些简陋，相比那些辉煌宏大的庙宇，它更像是山间地头的一座山神小庙。只在石壁上刻有"至圣先师孔子神位"石碑，还立了一尊孔夫子的石像。

山民淳朴，在夫子庙自然应当祈愿考取功名，祈愿学业有成，但来这里朝拜的四邻八方却都是为了祈福没病没灾，祈福平安无恙，俨然朝觐药王菩萨一般。传说当年有一落魄秀才，读书久不效，却事母至孝，母亲催他出门赶考，他放心不下，四处寻医问药。一日电闪雷鸣，他在此躲避，梦到一白髯老者送他一根药草，并对他说："传尔本草，治愈乳母。兼济苍生，可取功名。"秀才醒来之后，即觉满腹医书，心窍开通，医术高超，回到家中果然治愈了母亲。随即又普惠四邻，为周围山民看病消灾，熄了求取功名利禄的心。为了还愿，他在这石壁处凿刻了"至圣先师孔子神位"石碑，还立了一尊孔夫子石像，遂有了这处夫子庙。

夫子庙虽然狭窄，却香火连绵不绝，总有当地村民自发修缮这座规模不大的小庙，为它垒砌石片房屋，为它开凿排水沟渠，甚至还为它请来各路神仙作陪，八方道友相会。特殊年月里，偏居一隅的夫子庙也未能幸免，石像被捣毁，石壁上的两行字也被销毁，后来人们又请来一块开了光的神木，让"万神归宗，三教相合"。

赤县神州对于文化的崇拜总是连绵不绝的，千百年来人文精神早已融进了民族的血脉之中，虽然在有些岁月中有过短暂的落寞，也有过波折跌宕的命运，但对知识的崇拜，对人的力量的崇拜始终是主流。这偏居一隅的夫子庙虽然有些变形,那底子里对夫子的尊崇却是真心的,后面的岁月中,如果文化真正大盛起来,夫子可能也会回归吧。

烽火依稀斗碗寨

天府的刘家槽盛产煤矿，时至今日，煤矿都是重要的资源，引着一代又一代的人为之折腰，在刘家槽三百余年的采煤历史中，这宝贵的"黑金"自然也引来了众多的觊觎者。加之明末清初及清末民国，川渝一带战乱频仍，匪患不断，"匹夫无罪，怀璧其罪"，大争之世，居民只有结寨自保，于是北碚尤其天府附近堡寨众多，缙云山的狮子峰有狮子寨遗址，老城区有团山堡，堡在古代指土筑的小城，又指有城墙的村镇，那么想必这个临近嘉陵江的要地，当年也是一座堡寨吧。具体到刘家槽不仅堡寨众多，还有着四座军事效用明显的碉楼（蒙子堡碉楼、代家沟碉楼、刘家大院碉楼等），更可见其地位的显要，当年的繁盛，毕竟在那时筑垒结寨可是个大费钱粮的工程。

刘家槽现存的有金剑山寨、斗碗寨、天福寨、兔耳寨四座古寨，"三山夹两槽"的刘家槽，北高南低，山峰林立，这些古寨都修筑于西边的几座山顶上，天福寨和金剑山寨保存好一点，部分城墙和山寨门还完整。

这些古寨坐落在海拔 600 米以上的高山上，依托天险，两面甚至三面临着悬崖，易守难攻。寨墙一般采用黄褐色的砂岩开成条石垒成，墙厚二到三米，高三到十米，内墙垒有台阶，可以登上寨墙。寨内面积五到十五多亩不等，建筑物多为瓦房，寨中又建寨，随形就势，错落有致。寨内还凿有蓄水池和水井。

嘉庆元年（1796年）到嘉庆九年（1804年），四川、陕西、河南和湖北等地爆发大规模的白莲教起义，刘家槽的这些寨子，据说就是当年为了躲避白莲教而筑。古寨或依附政府或依附豪门大户，耗费巨资，历时数十年建设而成，以后每逢战乱多有修葺，渐成规模，数百年来曾接受过匪盗的洗礼，也见证过战乱频繁的烽火岁月。

斗碗寨又名长生寨，位于刘家槽中槽位，天府医院对面西山顶，天府矿务局中心变电所后山上，与郑家湾相对。在山下看山寨，恰似一个斗碗，故名为斗碗寨。

该寨距离天福寨中间相隔两个山峰，大约四公里，寨子山路艰难，三面临崖，如天然屏障，地势优越，整个寨子呈椭圆形，城墙外墙由条石堆砌而成，东面城墙，利用天然巨大岩石为墙体，里面堆土，高四至六米，厚两米左右，东面墙利用巨大岩石为墙体，上面再用条石垒成瞭望和射击孔。该寨又分上寨和下寨，上寨为郑氏家族大户所建，下寨为刘氏家族大户所建。20世纪50年代后寨中就无村民居住了，建筑物逐渐被拆，寨墙条石也挪作他用，残垣不多，古井尚存，荒草树木葱茏，倒也生机盎然。

渝北区也有一斗碗寨，因地处要津，虽然建成时间比刘家槽斗碗寨略晚，但近年来声名渐著，其得名有三种说法，倒可引以为镜鉴。

第一个说法是说这斗碗寨很小，袖珍得像只大斗碗。

第二个说法是因为一个天然的石坑，能装一大斗碗水，且不会干。

第三个说法是修寨子时，掌墨的石匠师傅技艺高超，力气大，但饭量也大，每顿饭，必吃三大斗碗干饭，才吃得饱。人们戏说，"这石头寨子是三斗碗修起来的"，因此取名斗碗寨。

金剑山寨、天福寨与兔耳寨

　　刘家槽的寨子细说下来，所费篇章应该不少，不过这几座寨子营造时间相近、营造原因略同、位置相距不远、形制也大概类似，为免重复笔墨，金剑山寨、天福寨与兔耳寨这三座寨子不妨统一概说，留待后面一一细考。

　　金剑山寨（又名寨子山），位于刘家槽上槽西山顶上，森林茂密，古树众多。土改后有张姓村民分在寨子里，20世纪50年代前寨中还有人居住，后移居山下。

　　山寨西门上方，有一条石，字迹依稀，"大清"二字清楚些，"咸丰"二字略仿佛，其他大都磨灭不可辨认了。其东门上方的石刻，写有"大清同治年造"的字样，然而东门已在20世纪80年代因山体滑坡而毁，自然无可考证了。

　　金剑山寨目前西门保存尚好，周围寨墙大多完整，门前古树参天，登临城墙，下瞰山下，北碚城貌尽收眼底，令人心旷神怡。

　　天福寨位于刘家槽下槽五井堰西山顶，地势险要，堡垒特征明显，只有两条路可以上山，从后丰岩上山走北寨门，从文星场经凤凰湾上山进南寨门。寨墙东面和西面则是悬崖峭壁，真可谓"一夫当关，万夫莫开"。天福寨中有内寨、外寨，四周寨墙环绕，寨中面积十余亩，还凿有一个约20平方米的蓄水池，足供几十户人家生存。

按刘氏家谱的说法，天福寨是刘家产业，其家谱中还有专门针对山寨的管理条文，早至咸丰年间就有刘氏族人在山寨中出生。1959年，寨中居民迁至山下，寨中建筑被大量拆除，幸而寨墙损害不多，南门几近完好，可算得上是刘家槽堡寨中保存相对完整的一座。

天福寨南五华里，有兔耳寨，据说也是刘氏家族的产业。兔耳寨占地约五亩，其得名源于寨西悬崖边的三块巨石。这三块巨石呈南北走向，自然重叠，长近10米，宽6米，有近8米高，形如兔耳，又酷似一只白兔蹲坐，造型罕见奇特，是刘家槽一带闻名的景致。四周居民传说这几块巨石是镇压妖魔的镇石，于是便集资在此结寨，兔耳石左下面岩壁上有石刻岩庙，雕刻有佛像十尊，只是毁于20世纪60年代，不过依然有岩庙及佛像的残留遗迹。兔耳寨中有古井一口，常年不涸，当年井水想必也是清洌的。

冷清荒僻的兔耳寨在刘家槽的这几座寨子中保存的状况算是比较差的，只有山寨西边悬崖处还有一段城墙，其余则只有残损的寨门和散落的条石。

天地悠悠，不过些许过客，承平日久，如堡寨这种功能特征明显的建筑走向落寞萧条，自然是一件再寻常不过的事。现在刘家槽的这些堡寨除了偶有村民顽童路过，间或还有成群结队背着登山包，身着冲锋衣的徒步"驴友"穿越茂密的山林，沿着狭窄的山道探幽历险，凭吊古迹。

目下的有志者多热衷于营建古街镇，或者原貌改建，或者将居民迁走重建，或者就干脆全部新修，另外再编故事。

可是这些一座又一座的古街镇却往往仿佛相似，卖着麻花、烤肉、臭豆腐以及种种模样相似的小商品，甚至讲着相似的"建文帝流落于此"的故事。看多了总让人审美疲劳，仅以重庆来说，除了地利优越的磁器口热闹依旧之外，其他的古镇古街能如磁器口般热闹的似乎并不多。但愿不远的将来，能有好事者开发一下这些落寞的堡寨，给我们带来不一样的游览体验。

药香飘飘三圣华佗庙

北碚的东北部有三圣镇,始建于清乾隆五十七年(1792年),原名"高家庙",位于古佛村高家垭口千丘塝。迁建于清嘉庆三年(1798年)。人们在迁建场地时,以境内八字岩村"石箭山"附近古庙宇"三圣宫"而名曰"三圣场",原为江北县辖地,1929年建三圣乡,域内物产丰富。

三圣宫指的是哪三圣,因宫观早已无存,无可查考,庐山有三圣宫,号为江南道宫之首,供奉太上老君、灵宝天尊、元始天尊。东北某一地的三圣宫供奉的是儒释道三教的孔子、释迦牟尼和老子。佛教中有"西方三圣",指阿弥陀佛与他的左胁侍观世音菩萨和右胁侍大势至菩萨;有"东方三圣",指药师佛和他的左胁侍日光遍照菩萨、右胁侍月光菩萨;又有"华严三圣"指毗卢遮那佛、普贤菩萨、文殊菩萨。大足宝顶山第五龛,有久负盛名的"华严三圣"雕像,雕刻于南宋淳熙至淳祐年间(1174—1252年)。居中为毗卢遮那佛,左右分别为普贤菩萨和文殊菩萨。三像身高七米,头顶崖顶,脚踏莲台,身披袈裟,袈裟皱褶大刀阔斧处理,舒展自如,三像皆低头垂目,俯瞰众生,显得悲悯大度,气势庄严。北碚三圣镇的三圣宫曾供奉的,或者就是这几尊吧,但既然以"宫"为名,所供奉的应该是道教仙尊。

三圣有华佗庙,与指向不明的三圣宫不同的是,华佗庙所供奉的从名字上就可以很容易看出来。北碚江东三圣的华佗庙已有200余年历史。历代香火鼎盛，信众如云，曾经是名誉巴渝大地的著名道场。后因"文革"浩劫，道庙毁损不堪。2004年，华佗庙古庙复建，重振山门，再塑金身，修建了药王殿、华佗殿、灵官殿等，虔心供奉药王、神医，引人注目。

北碚三圣茅庵森林公园有"小缙云"之称，林木葱郁，古树繁多，暖春繁花似锦，盛夏绿荫蔽日，金秋层林尽染，寒冬银装素裹，景观众多，风光无限。华佗庙即位于茅庵森林公园山下。景色优美，空气新鲜，地方清静。

华佗庙并不多见，但华佗的大名却是妇孺皆知。尤其是借着《三国演义》"关云长刮骨疗毒"的广泛传播，华佗"神医"的大名更是广为人知。近年来，伴随电视剧的热度，"悔不该杀那华佗哟"一句更是成了热搜。

华佗字元化，沛国谯县人，曹孟德也是沛国谯县人，算起来还是老乡。东汉末年，天下大乱，疫病横行，"白骨露于野，千里无鸡鸣"，但乱世也产名医，华佗就与董奉、张仲景并称为"建安三神医"。华佗关注民间疾苦，行医足迹遍及安徽、河南、山东、江苏等地，钻研医术治病救人而不求仕途。华佗医术全面，尤其擅长外科，精于手术，并精通内、妇、儿、针灸各科。晚年因遭曹操怀疑，下狱被拷问致死。华佗被后人称为"外科鼻祖"，敬奉为"神医"。华佗所创的世界上最早的麻醉剂麻沸散后来失传，他还模仿猿、鹿、熊、虎、鸟五种禽兽姿态创编了一套健身操"五禽戏"，"吾有一术，名五禽之戏，一曰虎，二曰鹿，三曰熊，四曰猿，五曰鸟。亦以除疾，兼利蹄足，以当导引。体有不快，起作一禽之戏，怡而汗出，因以着粉，身体轻便而欲食"。"华佗五禽戏"至今仍有人习练，不知是不是当时原貌。

  盛世为华佗建寺修观，不仅是为纪念他，其中也含有人们延年益寿、祛病消殃、远离疾苦、祈保一家平安的共同心愿。

山中龙宫海底沟

重庆作为山水富足之地,水库自然是不缺的,但建在山腹之中的只有一个,那就是北碚复兴境内华蓥山余脉龙王洞山的海底沟地下水库,这是我国西南地区目前已建成的最大的地下水库。这样的喀斯特岩溶地下水库在我国共有两座,另一座是贵州省普定县马官地下水库。

海底沟水库,位于风景秀美的海底沟深处,外表平平无奇,腹中却足足有两个重庆市渝中区的面积大小。在水库的建设史上,没有产生一个移民,没有淹没一分土地,却灌溉着数万亩土地,不能不说是一个奇迹。

这里本是江北煤矿4号井口,1966年8月,工人在钻探过程中遇到泥浆喷出,初步判断是遇到了深塘,于是按以往的经验计划将水放出,并在巷道中设立了四道条石垒成的防水墙,8月27日晚,已水平掘进1050米的巷道内,矿方对前方岩壁实施炸药引爆。

随着一声炮响,一股强大的水流喷涌而出,冲出洞口,水花翻起十米高,四道挡墙,连同洞内32台矿车,铁轨被水流裹挟着直接冲进了1200米开外的嘉陵江支流黑水滩河。经勘查计算,"8月27日当天,经4号矿井涌出了地下水216万立方米;28日,涌出了162万立方米;29日,涌出了118.8万立方米……直到爆破72天之后,当年的11月6日,日出水量还有 8.2 万立方米之多"。南江水文地质队和 208 地质队专家先后到海底沟勘查，得出的结论是：地下巨洞的含水层面积 64 平方千米，库容为 1340 万立方米，年平均补水量 441.5 万立方米，可以利用地形条件，在矿井里堵炮眼安闸阀，建设一座"不占一分地，不产生一个移民"的地下水库。

1970 年，海底沟地下水库建成，建设所花成本为 35 万元。此外，当地群众连续投劳两年，修建了密如蛛网的主渠和支渠与地下水库相接，在春夏农忙时放水，就可以顺流而下，自行浇灌复兴、三圣等乡镇的 5 万余亩农田，被当地人称为"微型都江堰"。2010 年，全国第二批国家矿山公园公布，包括海底沟地下水库的"重庆江合煤矿国家矿山公园"名列其中。

1966—1968 年，南江和 208 地质队的专家曾数次从炸开的直径 90 厘米的口子进入海底沟的"龙宫"深处勘查。地质工作者发现，人工开口处海拔 364 米，大致处于地下"龙宫"的水位中部。"龙宫"南北走向，在东、西各有一个深潭（深度未测），其内空间大者高数十米，宽近百米，长数百米，组成许多大的"厅堂"。"厅堂"由廊道连接。"厅堂"就是一系列大大小小的地下湖。湖水清澈如镜，游鱼可数。水库内的水温与气温一年四季基本恒定在 16~18℃，冬暖夏凉，就像是不耗能源的空调器。

在被人类炸开之前，海底沟本也有出水口，地质工作者的探查找到了这个出水口——位于人工开口数百米外的华蓥山东山山脉大断层处，名叫龙王洞。当溶洞内蓄水超过海拔 384 米时，这里就会出现水流。

三胜节孝牌坊

节孝牌坊是古时经官府奏准为表扬节妇孝女而立的牌坊。

牌坊，流行于宋代而盛于清朝，源于古代大都市的里坊制度。那时里坊的周围设有围墙，墙中央筑以坊门，由两旁的华表和中间的横梁或板门组成，称"乌头门"，后来又在横梁上筑起斗拱和屋檐。飞檐走脊，如同楼顶的牌坊称为牌楼。牌坊的间数少则两间，多则四五间，常见的是三间。一般当中的一间宽大，以利车马通行；左右间窄小，供行人出入。牌坊按建筑材料、风格不同分木牌坊、石牌坊、琉璃牌坊，各具特色。木牌坊雕刻精细，玲珑剔透，彩绘鲜艳。石牌坊坚实纯美，庄重威严，保存长久。琉璃牌坊造型深厚，流光溢彩，富丽堂皇。一般说来，牌坊都为家庭旌表本族先贤而建；有的牌坊则为朝廷或当地官府为旌表贤臣，在忠、孝、节、义上有成绩的人而立。如旌表忠臣牌坊的忠贞牌坊，旌表孝道的贞节牌坊。

三胜是三圣的别称，源于三圣庙，三圣原是北碚区的一个乡，现在已撤乡并入施家梁镇。三胜是个水码头，位于嘉陵江东，和水土镇隔江相望。三圣庙建于清同治四年（1865年）。庙内曾经供奉川主（水神龙王）、土主（土地神）和药王菩萨等三尊神像。1958年庙子撤了，曾用作乡政府、人民公社办公用地。

三胜节孝牌坊在三胜上场口，距三圣庙仅 300 米远。节孝牌坊长 6.8 米，宽 6.6 米，厚 2.1 米，材质为大青石。牌坊呈"门"字形，三门四柱。其中门宽 2.8 米，高 4 米；两个侧门各高 3.6 米，宽 1.26 米。4 条方形石柱均为整块的青石做成。牌坊的造型手法洗练，雕刻工艺精湛。

三胜节孝牌坊建于清同治末年（1874 年）。三胜节孝牌坊无历史文献记载。相传，在清咸丰年间，当地有一女余周氏新婚不久，其丈夫余世龙便生病去世。年轻的余周氏恪守"好马不配二鞍，好女不嫁二夫"的古训，她怀着孩子，每天起早摸黑，挑水拿柴，养猪种地，含辛茹苦地孝敬年老多病的公婆，直到把二老送上山；并独自把遗腹子养大，成家立业。数十年风霜雨雪，余周氏守孝守孀，初心如一。晚年病逝后，敬重她为人的邻里乡亲，把她的事迹呈报当地官府，层层上报到朝廷。同治皇帝下圣旨封余周氏为"节孝女"。在同治末年至光绪初年，为余周氏修建了"节孝"牌坊。在近百年的光阴中，节孝牌坊受到当地人敬重，安然无恙。每逢传统节日，享受香火祭祀。

高踞嘉陵国民党中央警卫署

　　北碚的水土，自古以来都是嘉陵江下游重要的码头和交通要道，清时即在此设置塘汛关卡，古有水土"白天千人躬首，夜晚万盏明灯"一说，足见其旧时的繁华。清康熙年间设水土铺，民国时置镇。

　　水土虽然在后来的岁月里落寞了一段时间，但嘉陵江景始终碧绿澄澈，山峦默默依旧，登临之际，足可游目骋怀。

　　和北碚的许多地方一样，水土也有一处抗战遗址，那就是江流险要处，陡峭崖壁之上的国民党中央警卫署旧址。

　　抗战时期国民党将重庆定为战时首都后，中央警卫署也跟着从南京迁来，作为中央卫戍部队，他们担负着保卫国民党中央机关和政府的重任。这处曾显赫一时，关乎国民党要员生命安全的大本营位于如今北碚区水土镇银头湾和平路口107号，嘉陵江畔，碚金公路一侧。这块地方地势险要，三面环水，坐东南向西北，始建于清末民初，原为庙宇。建筑整体错落有致，高低起伏。建筑面积1088.4平方米，占地面积930平方米。

　　国民党中央警卫署旧址为四合院三重殿布局，正面入口为朝门，东侧为戏楼，南面临江为建筑主体，穿斗式夹壁墙，悬山顶，小青瓦。有大小房间50余间，柱子上雕龙画栋，有的还刻有菩萨和龙龛。2014年，此处被北碚区人民政府和北碚区文化委列为北碚区重点文物保护单位。

抗战时期，国民党中央警卫署曾驻扎在此办公、操练，后改为保育院。20世纪50年代还曾作为江北县（今渝北区）的拘留所。以此处作为身担国民党中央首脑机关保卫工作重任的国民党中央警卫署办公操练的重地，自然是看中了此处的险要地势，此地两岸山峦耸立，四季江雾浓锁，既可躲避日军飞机轰炸，遇紧急军情，还可选择从陆上或水路撤退突围。国民党中央警卫署高踞悬崖之上，扼守江面险要，站在屋基旁远眺，嘉陵江上烟波浩渺——山上、山下、远处、近处，一切的一切，尽收眼底，依稀可想见当年情形。

抗战风云时代，每当霞光浮照江面，映亮江面的点点白帆，唤醒纤夫们悠悠的号子声时，警卫署官兵出操前的歌声便响彻云霄：

炮声隆隆，弟兄们齐奋勇，抖擞精神，勇敢前进，拼命做斗争！

进兮！进兮！抗日军队，锐气贯长虹。不收失地，不灭日贼，宁死目不瞑。

枪声堂堂，个个精神壮，冲破敌人，杀退敌人，魂飞胆又丧。

进兮！进兮！长驱直入，进捣阳山旁。不擒傀儡，不夺辎重，誓不转故乡。

号声呜呜，好似催阵鼓，风云色变，杀气冲霄，战士猛如虎。

进兮！进兮！手提敌头，战衣血模糊，白山黑水，做我主人，万岁齐高呼！

金声扬扬，得胜收战场，凯旋唱歌跳舞，旗帜乱飞扬。

进兮！进兮！民众庆祝，欢迎救国忙，羊羔美酒，纪念吾辈，民众庆解放。

"川东第一牌坊"滩口节孝牌坊

如鲁迅在《我之节烈观》中所说:"皇帝要臣子尽忠,男人便愈要女人守节。到了清朝,儒者真是愈加利害。看见唐人文章里有公主改嫁的话,也不免勃然大怒道,'这是什么事!你竟不为尊者讳,这还了得!'假使这唐人还活着,一定要斥革功名,'以正人心而端风俗'了。"这大概就是有清一朝节孝牌坊大盛的缘由吧。

节孝牌坊在巴渝之地分布很多,碚城范围内就有不少,在北碚水土大地村小学内,有一座号称"川东第一牌坊"的滩口节孝牌坊。

这座牌坊建于清光绪十三年(1887年),坐南朝北,占地60平方米,整个牌坊为四柱三间五层,歇山式三层檐顶,高15米,宽11.45米,厚4.8米;中门,又称明门,高3.5米,宽2.6米;两边门,又称次门,高2.5米,宽1.48米,仿木结构楼阁,以青石雕造而成。檐顶起翘手法夸张,凌空飞动,流畅自然,因其建造精美,造型独特,被誉为"川东第一牌坊"。

该牌坊的石雕极其精美,正反两面最顶层正中的"圣旨"匾额,周围为浮雕卷云图案,左右饰以人物浮雕,其下的横梁上雕有三幅古代"节孝"故事片段,正门上方的"节孝"匾额左右,也有浮雕人物,与两旁短柱上的花木石雕形成呼应,这些石雕,刀法纯熟流畅,造型精巧细腻,富有装饰感,虽经百年风吹雨打,至今仍保存完好。

牌坊的主人为杜氏家族,是当地的大族富绅,杜氏族人、长寿知县杜伯清为纪念母亲唐氏守寡四十余年,忠贞不渝、孝敬公婆、苦育儿女而奏明光绪皇帝,光绪亦为之感动,准允修建此坊。滩口牌坊所在之地,原是由水土通向静观、偏岩的要道,官商士绅经过牌坊时必须下马步行。在其附近还有大树牌坊,建于清道光十年(1830年),为四柱三门,两重檐,仿木结构,石构造,高12米,与滩口牌坊互为映照。

滩口节孝牌坊上有着丰富的楹联和诗词,楹联为秀才黄德初和黄德璞两兄弟题写,正面为:谌恩领纶饽幸名辉玉简三重申命阐幽光,大节媲英皇想巍绍金萱两未三标周范。背面为:表揭介忠经孝传之间,旌扬驾封墓式间而上。另有秀才孙作舟题写的:"五千里荣褒两字曰节曰孝丝纶恩命屹如山,四十年誓守一天抚子抚孙冰雪清操温似玉。"

85岁的黄善宣的题诗高度概括浓缩了唐氏、伍氏、窦氏节孝的一生:

西邻宅畔竖贞珉,
劲节凌霄那计春。
侄抚儿孙联两世,
恩领姑媳庇三人。
冰霜志洁畴容匹,
日月光争雅足伦。
名著草堂均不朽,

千秋闲范仰嶙峋。

难得的是，这座节孝牌坊虽然地处要冲，但基本保存完好，只在动荡岁月中遗失了一块石碑。2010年8月，滩口节孝牌坊被重庆市文物局列为重庆市文物保护单位。

对于牌坊的态度，现在自然是纯粹以文物欣赏的角度观之了，鲁迅在《我之节烈观》结尾的一段话，可供借鉴：

节烈这事，现代既然失了存在的生命和价值；节烈的女人，岂非白苦一番吗？可以答他说：还有哀悼的价值。他们是可怜人；不幸上了历史和数目的无意识的圈套，做了无主名的牺牲。可以开一个追悼大会。

我们追悼了过去的人，还要发愿：要自己和别人，都纯洁聪明勇猛向上。要除去虚伪的脸谱。要除去世上害己害人的昏迷和强暴。

我们追悼了过去的人，还要发愿：要除去于人生毫无意义的苦痛。要除去制造并赏玩别人苦痛的昏迷和强暴。

我们还要发愿：要人类都受正当的幸福。

王朴烈士纪念馆

1949年10月28日，王朴被国民党公开枪杀于重庆大坪刑场，牺牲时年仅28岁。

在白公馆监狱中，王朴知道自己随时都可能牺牲，遂托人从监狱里带出两封信，一封给了妈妈，一封给了妻子褚群。他在给妻子的信里写道："小群，莫要悲伤，有泪莫轻弹。你还年轻，你的幸福就是我的幸福。狗狗（儿子的小名）取名'继志'。"在给母亲金永华的信中说："娘，你要永远跟着学校走，继续支持学校，一刻也不要离开学校，弟、妹也交给学校。"学校指的是党办的莲华中学，实际上是指党。

1945年，王朴坚决响应党的号召，离开复旦大学校园，征得母亲捐资兴学的同意，和一批仁人志士一起，在复兴乡创办了莲华小学。1946年下半年，鉴于国民党反动派撕毁停战协定、发动全面内战的现实，中共四川省委决定，加强农村工作，准备发动游击战争。为适应革命形势发展，扩大办学影响，加强据点建设，王朴取得母亲金永华的支持，决定停办莲华小学，开办莲华中学。

如今北碚区静观镇桥亭村建有王朴烈士陵园，内有王朴烈士墓和金永华墓、王朴烈士事迹陈列馆。陵园整体占地面积3400平方米，建筑面积207平方米，是北碚区的爱国主义教育基地、中小学德育教育基地、廉政教育基地。

1921年,王朴出生于四川省江北县(今重庆市渝北区)仙桃乡一个富裕家庭。他从小聪明机灵,4岁发蒙开始读孔子圣贤书,1932年,刚满11岁的王朴在重庆第一高小读书。13岁进求精中学,1939年,王朴改名王岳,考入复旦高中,1944年夏,王朴考入了北碚夏坝的复旦大学新闻系。当时的夏坝有抗战"小延安"之称,王朴在此就读期间世界观、人生观、价值观发生了决定性转变。后来,他常常说:"如果不是抗战爆发,找到了共产党和马克思主义,像我这样出身的人,可能读完大学就出去留洋镀金,不会来管国家大事了,这要归功于党的教导。"

1946年冬,王朴加入中国共产党。1947年9月,中共重庆北区工委成立,王朴任宣传委员兼管统战工作。莲华中学即成为北区工委机关所在地,成为江北县和北碚地区党的活动中心。1948年4月,王朴因叛徒出卖而被捕。1949年后,党和政府将王朴烈士的遗体安葬于静观镇外的山冈上。时任重庆市市长的任白戈亲自为烈士陵园题写了碑名。王朴的母亲金永华去世后,也安葬在王朴烈士陵园内。

金永华家产殷实。她深信儿子所走的路是一条崭新的路,就毅然资助党的革命事业。从1947年冬到1948年夏,金永华、王朴陆续变卖了1480石田产和市区的部分沿街房产,折合黄金近两千两,冒着"通匪资匪"的危险,将一笔笔经费交给了党组织。1950年春,王朴烈士的战友黄友凡代表西南局向金永华呈上了一张巨额支票。她辞谢了,说:"我变卖财产奉献给革命是应该的,如果我要这笔钱,就是辱没了王朴的名声。"最后，这笔资金用于发展重庆的妇女儿童福利事业。

位于静观镇的志达中学，系王朴烈士在1945年创办，已成为重庆市联招学校，改名王朴中学。

三塔辉映塔坪寺

静观的寺庙原有十座，如塔坪寺、禹王庙、寿佛殿、灵官庙、文庙、惠民宫等。"文革"时期清除"四旧"，除塔坪寺庙宇遭受严重损坏外，其余的庙宇道观荡然无存。

塔坪寺位于重庆市北碚区静观镇集真乡塔坪村古藏山坪，西距静观镇2.5公里。始建于宋代绍兴十六年（1146年），耗时22年，于1168年终告完成，至今已有850年的历史。塔坪寺原名小昆仑古藏寺，明万历四十年（1612年）培修并建坊于殿前，因寺内有宋塔，更名为塔坪寺，清初寺院破落。清乾隆末，塔坪寺僧照开、照宝"经数十年整修上下殿，庙始复其旧焉"。嘉庆五年（1800年），在战乱中被"纵火一把，院宇俱为灰烬"。嘉庆二十一年（1816年），僧普湛重建大殿及左右两廊。道光四年（1824年）春修藏经阁，并用生铁铸成楼阁式六楼七层铁塔一座。至道光十三年（1833年），又建上殿，共历时二十余年。至民国时，塔坪寺院宇依旧，与北碚缙云寺齐名。中华人民共和国成立后，宋塔列入四川省重点历史文物之一。"文革"中，庙宇遭受严重损坏。1983年12月，重庆市人民政府公布塔坪寺为重庆市重点文物保护单位，拨款对寺内古迹特加维修。寺院经维修，仍保持清代格局。1998年，经重庆市政府批准，恢复其佛事活动。最多时，寺里有僧侣8人，信徒达600人之众。现在，塔坪寺已成为金刀峡旅游热线上的风景名胜之一。

塔坪寺依山而建，占地500平方米，为整体四合院建筑，是集寺、塔、坊、表为一体的建筑群体，也是我国中原地区自唐以后失传的以塔为中心的建筑实物。寺内有建于公元1167年的石塔，建于1612年的牌坊，还有清代的大雄宝殿、藏经楼、左右厢房以及铁塔和云愣碑（经幢）等文物。

塔坪寺历史悠久，故历代名人常游于此，凭塔远望，视野开阔，四方景色奔来眼底，如诗如画。题联留诗作画不乏其人。古人有诗赞云：

梵前突出一仙峰，半在云头半在空。
耸翠层峦通四望，徘徊绝转透七重。
无边功德垂千古，有象威严壮大宏。
不让露盘高北阙，挺然峙立镇川东。

塔坪寺不仅有闻名遐迩的丛林古刹，还有景色优美的园林景观。寺周植有银杏、楠木、罗汉松、松柏，古木参天，绿荫掩映。清人黄竹轩曾赞道："时乎春也，碧桃灿烂，俨若赤城；时乎夏也，野芳幽芬，何殊香国；洎乎秋而黄云掩映，不啻金色大千；届乎冬而玉雪纷披，恍如琉璃世界。"道出了佳境胜地，四季秀色。如今塔坪寺依然鸟语花香，景色宜人。塘边有古楠木树群，那些树都标着重庆市政府颁发的市级保护树的号牌，二级1080、1081、1082……显示着树的古老。静观号称有千年的花木种植历史，似是从塔坪寺开始起步的。

小桥流水偏岩古镇

重庆举凡曾经商贾往来密集的地方，多有古街镇。然而随着交通的便利，航运的衰微，或者资源的枯竭，这些古街镇又有很多走向了没落，只留下倾颓的房屋和落寞的老人。

后来有一些古街镇在商业大潮中得以"复兴"，但那些年所流行的"古街镇"建设，很多都不过是迁走原有居民，拆掉老旧房屋，然后再建一些形貌大概相似的仿古建筑来，那些招商而来的商贩们所卖的商品，也大概相似，不过是些麻花、米花糖、牛角梳、火锅料之类，或者还有臭豆腐和烤肉串。更有甚者，干脆"从无到有"划定一片地方，完全新建一个"古镇"。这些"新古镇"开业时，或者热闹一阵，游客散去，也就生机淡去，门可罗雀起来。

碚城的古街镇中近年来较出名的，是偏岩古镇。与那些"新古镇"所不同的是，这是一座热闹的"活古镇"。

偏岩古镇位于华蓥山脉西南面的两支余脉之间，坐落在北碚金刀峡下峡口黑水滩河畔。平均海拔为520米，最高达942.9米。清代属江北厅礼里六甲，康熙年间始在此建场为镇，因镇北有高30米的崖壁向西北方向倾斜悬空陡峭，故名"偏岩"。于2005年8月与金刀峡镇合并为金刀峡镇。偏岩古镇建镇300多年来，基本保持了古镇的建筑特色。尚存有古戏台、禹王庙、古石桥等老建筑。

偏岩古镇因华蓥古道而兴，曾经工商业发达，商贾云集，声名远播。一栋栋夹壁木屋挨挨挤挤地沿着缓缓浅浅的黑水滩河两侧分布，重重叠叠，错落有致。古镇街道用青石铺筑而成，顺黑水滩河长约 400 米。街道两旁的店铺鳞次栉比，店铺建筑多为木竹结构，皆以木斗为骨架，或以木板为墙，或以竹编篱笆糊粉为墙。屋顶多为硬山顶或悬山顶，灰瓦素墙。河岸均是高大粗壮的黄葛树，根系攀附河岸，如柄柄巨伞遮蔽着两侧古朴的吊脚楼，这些卫兵一样的大树，枝丫高举河岸，几于空中交臂携手，成了古镇最美也最让人心安的风景。

偏岩古镇所出名的，还有它的水。清清黑水滩河从华蓥山中一路走来，行至镇中已成了浅浅的一湾，平日里，清凉宜人的河水不过将将漫过脚面，每逢夏日，人们便于这湾浅水中沐足游憩，寻找小鱼小虾或者捡拾小石。又或者干脆将桌椅摆在水中，悠悠闲闲地喝上一壶茶，垒上几圈"长城"，正是酷暑消夏的绝妙好方法。

古镇中小桥甚多，不过最有味道的，还是那几座石墩桥，这些石墩大约相距一步，水再高一点点就可轻松淹没，随时可见蹲于石墩上敲打漂洗衣物的小镇居民。偶尔有小鱼飞跃，搁浅石上，几下腾跃，复又投身急流，只留下涟漪几许。

偏岩立足峡口，早晚之间自然常有薄雾，往往烟霞迷蒙，与镇中袅袅炊烟交缠重合，缥缈笼罩。间或飞来一只白鹭，在水中呆立半晌，踽步几行，忽然振翅飞去，更显祥和安宁。

偏岩古镇是古老的，又是鲜活的，商铺的营业者们多是当地淳朴的镇民，常是"男主灶，女主客"的"夫妻店"。偶尔几个调皮的娃娃在那些硕大的黄葛树上下攀爬，食客的餐桌旁散落着娃娃们的作业本，店里的食材自然不可能从遥远的城中运来，多是周边乡村的绿色食品，"菜有菜味，肉有肉味"，足可供人大快朵颐，放心饮食。

这样的古街镇，才是古街镇游的初衷吧，不必过于扰动，引来什么光怪陆离的咖啡屋、酒吧，只顺着古街镇的脾气自然开发，就是既可供人们舒适生活，又可供游览休憩的好地方。偏岩之所以为摄影爱好者和美院的学生青睐，列为采风点，应该就是出于这一点吧。

偏岩古镇　国画　50 cm × 50 cm

野盗汹涌偏岩水

偏岩名声在外，多半是因为它那湾浅浅的碧水，那静谧安然的景象，不知吸引了多少游人，又入了多少人的镜头，成就了多少妙笔丹青。人们踩着这湾浅浅缓缓的水流时，大约只会担忧它有没有一天会淌尽流干，而想不到它的外号"强盗水"。

黑水滩河的水从华蓥山中一路走来，环抱着偏岩古镇，平平缓缓的，然而在上游水涨时节，突然一股大水，也是吓人得紧，忽忽涌来，涨满河道，然而偏岩地势较高，往往水来得快，去得也急，汹涌而来，汹涌而去，当地人形容得妙——"野盗"，真如荒野强盗于草丛山林间猛然跃起般吓人，所以就有了"强盗水"的称呼。

偏岩在清康熙年间建场，那时便沿着黑水滩河岸及场周边广种黄葛树，一则绿化，一则护卫老街河堤。三百年来郁郁葱葱，成了古镇中最美的风景。1989年7月，特大山洪暴发，胜天水库洪水翻坝将近一丈，黑水滩河暴涨，冲毁了不少黄葛树。如今古黄葛树留下20多棵，其中有两棵被重庆市人民政府命名为一级保护树，20余棵被命名为二级保护树。

有水的地方，自然少不了桥，偏岩的桥最有特色的是那些仅一步之隔的石墩桥，石墩不高，离水面不远，水一旦稍微上涨便会淹没，看着是那么古朴、简陋。就连那些古桥也只是稍微好一点，没有雕栏玉砌，而只是几块石板，几个高高的石墩。于是近些年又新修了不少桥，新建的桥，自然"阔气多了"，干净漂亮，配上石质栏杆，那石质的面板上也雕刻上精美的图画，里外透着那股似曾相识的"崭新的古朴"。2020年夏季，重庆久雨少晴，加上上游水大，据说洪水量已经超过了重庆人心心念念的"1981年的洪水"，夜半水来，黑水滩河满，淹没了那些石墩桥，淹没了那些古桥，而那些新桥则被漂亮的护栏所累，雕工精美的面板挡住了急流，只好连夜敲毁以利水势消泄。一夜过去，水落桥出，石墩桥还是那个古朴简陋的样子，古桥还是那几块石板，几个高高的石墩，而那些新桥则一片狼藉了。

可见古人的智慧还是高明些，精美漂亮的外表固然新鲜宜人，不过光鲜一时，讲实用的虽然其貌不扬，却往往可以抵御风雨，顺利度过突如其来、不讲道理的"强盗水"。

偏岩的桥出名的还有一座鸳鸯桥，鸳鸯桥的得名源于夫妻树。偏岩古镇下场口桥亭子黑水滩河支流与干流交汇的地方，溪涧底离岸高一丈许，溪岸是陡峭的石头，为了行路方便，嘉庆十五年（1810年）人们在这里修建了一座青石板桥。小溪两岸，各自生长着一棵黄葛树。两棵黄葛树越长越壮，虬枝龙蟠，枝繁叶茂，你伸向我，我伸向你，在空中交攀在一起。涧底的根须也相互纠葛，你中有我，我中有你。而石板桥跨过溪涧，纽带一般把两岸两棵树联系得更加紧密。这种如胶似漆浑然一体的景象，使人们联想到夫妻恩爱的状况，于是便把那座桥取名鸳鸯桥，那两棵树喊作"夫妻树"。

禹王庙与武庙

有人将偏岩古镇的特色归纳为集"古镇、美镇、红镇、名镇"为一体。

所谓"红镇"是因为偏岩古镇是中国共产党早期活动据点之一。1926年加入中国共产党的龙子仁就以偏岩响水小学为据点,传播革命思想。1946年共产党员陶昌宜受中共中央南方局的派遣,与黄有凡、李青林、王朴、陈宗愚一道创建农村工作据点,完成重庆—复兴—静观—石坝—偏岩—华蓥山的秘密通道,为华蓥山武装起义做出重要贡献。到1947年该镇在建党支部7个,有地下党员80余人。

所谓"名镇"则因为偏岩不仅是重庆市政府首批命名的历史文化名镇,还先后有中央电视台的《023档案》《岸》《背军挎包上学的娃》剧组,意大利cattleya.s.p.a公司主拍、中国协拍的电影《消逝的星星》剧组,安徽电视台的《朝霞满天》剧组、中央电视台的《旅行家》栏目,重庆卫视《巴渝人家》栏目等来此拍摄过。中央电视台新闻频道还以《走进偏岩》为题进行了专题报道。

偏岩古镇曾有的繁盛岁月,可以从它所存留的那些古建筑中看到。偏岩古镇中的古建筑比较出名的有禹王庙、古戏台、武庙和灵官庙等,并称为"偏岩古镇古建筑遗址群"。

禹王庙建于偏岩古镇场口东侧,是偏岩古镇上保存较为完好的古庙之一。顾名思义，是民间为纪念大禹治水的功德而建。侧面也反映了偏岩那"强盗水"的威风。禹王庙始建于道光十二年（1832年），坐西向东，占地377平方米，穿斗与抬梁混合梁架，悬山式屋顶，小青瓦屋面，大堂正中有禹王神像和数十尊神像，皆是《封神榜》中人物。2014年7月，禹王庙被北碚区人民政府列入北碚区重点文物保护单位。

武庙位于禹王庙旁侧，于乾隆初年修建，大殿面积400余平方米，飞檐翘角，雕梁画栋，整个建筑恢宏大气，蔚为壮观。门外匾额高悬，上书"日在天中"四个大字，字迹遒劲俊逸。大殿正中，木塑关羽身像，高约丈余，身着铠甲，红面美髯，关平周仓分立左右；左供张飞塑像，手执蛇矛，盔甲加身，眉须皆立，透出勇猛之气；右供"正江王爷"（杨戬，亦称"二郎神"）神像，全副披挂，骑在猛龙背脊，左手擒龙角，右手举鲜花利斧，作势欲砍。三尊塑像工艺精湛，入刀无不至细微，纤毫毕现，栩栩如生。大殿左侧为钟鼓楼，原有大钟大鼓，大铁钟高约1.6米，底径1.5米，腰径0.9米；大鼓直径约1.8米。右侧为"正官宁"，系客人休息、小聚处所。

武庙门前为一六角楼，共六层，与武庙齐高，称为"灵官庙"，内供灵官菩萨，高约丈余，周身镀金，眉须皆红，凶神恶煞，手执鞭子，作势欲打。武庙左右各有书楼引向对面戏台。

这些建筑中禹王庙保存最好，可惜内里的神像已不再是"数十尊神像，皆是《封神榜》中人物"，有一骑虎武财神赵公明像，应算是"《封神榜》中人物"。描述中煊赫威风的武庙现在被一家"棉絮加工"的人家所占，门牌虽然古朴，但是房屋摇晃欲颓，虽然有种种介绍标牌，可惜自相矛盾，两块相距不远、年代不同的介绍牌上的文字居然有几处不大相同的介绍，不知是该"以古非今"还是"以今推古"了。

蟋蟀声声古戏台

古戏台应该是某地繁盛生活的最大标志物，偏岩就有一座。

偏岩古镇的古戏台与武庙遥相呼应，系与武庙同期所建。戏楼原名"万年台"，青瓦盖顶、檐顶起翘、举折，四根顶梁大柱呈梯形排列，建筑风格恢宏大气。戏楼分上下两层，上层空间开敞，四周梁柱间饰以雕刻精美的瑞霭祥云、人物花草；下层为暗层，供化装、更衣、勤杂之用。

戏台旁侧还有书楼，为长廊式建筑，分上下两层，上层与戏台齐平，花窗栏杆均有木雕装饰，顶部檐子有以戏剧场景为图的雕饰，千姿百态、精巧别致。正中挂有牌匾，上书"古月楼"三个大字，书楼上层为官绅名流看戏品茶之处，平民百姓则会聚底层院坝。

这座古戏台上曾经演出的曲目也很不寻常，据说戏班们最爱演的是"鬼戏"，也即《钟馗嫁妹》《窦娥冤》等曲目，演出时间还常常选在晚上。冷风吹彻的夜晚，河面岑寂，四野静谧，配合上昏暗的灯光，紧张刺激的情节，足可使台下观众静气凝神，有时情节推演到高潮处，演小鬼的戏子还会突然跳下台来，更吓得人心惊肉跳。

可能是人们天然有对未知和恐惧的偏爱，这样惊险刺激的夜半"鬼戏"偏偏很受欢迎，蔚然成了特色。

应该也是出于"安全"的考虑，才在古戏台对面建了供奉"三界伏魔大帝"关公的武庙。有正气浩然、义气千秋的关老爷在，无论什么牛鬼蛇神自然都不敢造次。

著名诗人华万里老先生就是偏岩人，他专门有一篇文章，就写自己孩童时和几个小朋友躺在空闲的戏台上夜听蟋蟀声声的情景。或许是蟋蟀们听惯了一场场的人间悲喜，那阵阵清脆的虫鸣，似乎也在这空旷的舞台上搬演着一出出的剧目，排演着蟋蟀世界的悲喜。

可惜后来这座戏台渐渐无戏可演，房屋倾颓，整体倾斜欲倒，那曾经精美的雕梁画栋也失去了色彩，只有背后白壁上的斑驳图画还在提示着过去的热闹岁月。

近年来，随着网络和自媒体的便利发达，偏岩古镇生机焕发，名声在外，自然也陆续整修了不少建筑。古戏台连带周边的书楼连廊都得以整修，焕然一新，新修了茶馆，周围还建成了一个古朴的"客栈"，成了整个"偏岩古镇古建筑遗址群"中最漂亮整饬的建筑，戏剧演出也渐渐恢复，这一片区域遂成了古镇中可游览、可休憩、可观赏的最佳景点之一。

重庆的乡村，大都有一棵作为"风水树"的大黄葛树，立于村头寨口，护佑着一方乡土。偏岩的这一棵黄葛树就静立于古戏台左侧，枝丫高举如伞，挂满了祈福用的红布。这座古镇的繁华与落寞，热闹与安静，古戏台上的风风雨雨，千军万马，恐怕它听得最多，看得也最多，肚囊中装满了故事。走过古镇老街，看完了那些或者幸运一些得以修整重生的建筑，和那些暂时并不走运在风雨萧瑟中左右倾斜甚至化为废墟的老屋，穿越老戏台的台柱，穿越繁华与落寞，来到这棵巨大的老树面前，总觉得心安，在它眼中，这些可能都只不过是弹指一挥间的过眼烟云吧。

奇崛险幽金刀峡

外出游览的人粗略可以分成两类，一类偏爱自然风光，一类则偏爱人文景观多一些。

而北碚有美丽的自然风光：缙云山闻名遐迩，北温泉历史悠久，磨滩瀑布气势恢宏，金刀峡风光旖旎。北碚有深厚的历史文化底蕴：东阳郡、缙云山、北温泉传承着北碚文脉。北碚更是中国现代乡村建设的典范，尤其是抗战时期"三千名流下北碚"的盛况，更是留下了大量的历史、文化资源，使北碚拥有"百馆之城"的美誉。

在北碚，我们可以感受醇厚的历史文化，体验先进的智能科技，更能感受到一座新城的魅力与活力。可以说，北碚的特点就是它的人文景观和自然风貌都特色鲜明，魅力十足，令人流连忘归。而其自然风光最幽者，当属金刀峡。

金刀峡号称中国第一险峡，久已声名在外。其海拔虽然不高，九百米左右，落差却很大，全长约十公里，分上峡、下峡两段，全程走完平均需要四个小时。游览路线可分为两条，一是从下峡口一路向上，自上峡口出；另一条则是从上峡口一路向下，自下峡口出。虽然"上山容易，下山难"，但从省力的角度来看，选择"自上而下"的人似乎更多一些。

将车辆泊于下峡口的停车场，再搭上景区转运的小巴，沿着翠秀的华蓥山间新近整修的蜿蜒如彩带一样绵延的S108

碚金路一路向上，两旁绿树成荫，空气清甜、田野、村庄散布在山谷中，偶见炊烟袅袅，山风轻拂，心旷神怡。车窗外忽然间映入一池翠绿的秀湖，碧玉般横卧在山峦环绕之间，颇似神话中的清清瑶池，那就是胜天湖了。

车辆停稳，在上峡口吃上一顿热乎乎的豆花饭，浑身暖热，便可开始入峡的旅程。

金刀峡谷内为石灰岩构成的喀斯特地貌，以峡谷幽壑景观为主，岩溶地貌为辅，兼有大量的地质上称为壶穴的深潭绝景，一向以峡险、山雄、水秀、瀑多、潭碧、洞幽著称。

沿着惊魂台一路从石阶缓缓向下，便看到了峡中最长也最壮阔的瀑布，从山顶一路跌入峡谷深处，白练千丈，水花飘散，寒气逼人。然而眺望之际，却看不到峡谷的全貌，满目皆是翁郁丛林，耳中隐隐可闻猿啸水鸣。慢慢踏过那窄窄蜿蜒，忽而向上，忽而向下，全长近七公里的木质栈道，才算进入金刀峡的风景核心区。

金刀峡的上峡由于喀斯特地质作用，切割强烈，形成了独特的峡谷沟壑，两岸石壁如削，山势岈合，垂直高度超过百米，上有古藤倒挂，下有潺潺流水，若恰逢连阴久雨，峡谷中水量充沛，左右皆是各式各样、大大小小的瀑流，直看得人目眩。下峡由于流水侵蚀作用，有众多洞穴群，潭潭相连，碧玉串珠，飞泉瀑布层层叠叠，古钟乳、石笋、石柱千姿百态。

这一路走来，峡谷风貌原始天然，山水交融，常可见崖壁上青苔遍布，蕨类植物繁盛，悬崖瀑布滴在绿毯一样的岩壁上，尤显青翠。峡谷窄处两侧悬崖几乎接合，触手可及，不见脚下流水，耳中只听得阵阵雷鸣喧响，所谓"砯崖转石万壑雷"，更觉心惊。悬崖最险处，或需弯腰低头，或紧贴崖壁侧身而过，险动人心。时近正午，丛林茂密，崖壁狭窄的山峡中却冥然不见天光，只靠崖壁间悬挂的点点灯光引路。有时豁然开朗，眼界开阔，以为临近终点，翻看手中地图，才晓得行程刚刚过半。歇息半晌，悬崖间又没了路，还好有船，船工撑一根长长的竹篙，穿行于一湾青绿碧幽的深潭，忽然见很多同船人或者撑起了伞，或者披上了雨衣，正纳闷间，一股飞瀑兜头而下，又是一场透湿。此处的崖壁间，常见有绳钩，那是供健儿们溪降用的。戴好护具，在崖壁间随湍急溪流一路向下，实在惊险刺激。

再往前行，喂了绝壁间如履平地的野生猕猴，又在峡谷中穿行一阵，才得以走出山峡，恍惚间半日的时光已过。身体劳累，心情却舒畅，脸不红气不喘，大概因为峡谷中植被茂密，瀑布众多，负氧离子爆表，一路下来，仔仔细细地洗了一次肺。

我喜欢金刀峡，每次有外地亲友来访，接待"旅行团"时，我总推荐他们去金刀峡，也往往陪着他们去，一方面交通越来越便利，另一方面实在是金刀峡中那奇崛险幽的风景去几次也看不够啊。

金刀闪闪藏刀洞

金刀峡的名字充满了神秘感，正如它的风景一样充满了原始的魅力。

我开初以为是和它那狭窄多致的峡谷造型有关，正如武隆"天生三桥"中的某一段一样，形貌如同一柄金刀。或者这个名称是形容它那刀劈斧削一般的山貌，如同被神人以一柄巨大金刀劈就。

其实，传说中金刀峡中还真的曾有一柄神奇的金刀，每当夜半时分，金光闪耀，照亮山谷，而且峡中至今还有一个神秘幽邃的藏刀洞。

藏刀洞是一个天然溶洞，狭窄深幽，水势浩大的时候，得乘小舟出入，内里奇石遍布，冬暖夏凉，水质清洌，对水质极为挑剔的娃娃鱼，常在洞中出没。

相传元朝末年，华蓥山中有一壮士张昆，以樵采为业，出没于山林茂密的华蓥山，行走峭壁悬崖如履平地。一日，他迷失于一个深山峡谷之中，到处寻不见出路，渐渐天黑，连狭窄山峡间偶尔透出的点点天光也消失不见，山风呼啸，猿声乱啼，更令人悱恻辗转，心乱如麻。忽然缕缕银光泻地，原来圆月东升，洒入深峡。

张昆心绪稍宁，听得不远处水声滴答，清脆悦耳，他循声前往，拨动荆棘草木，隐约见得一束金光。张昆不做他想，一路沿着光亮向前，金光越渐耀眼，原来是从一个山洞中透出。探入洞中，只见一柄金刀深深插入岩壁，只一小截刀刃暴露在外，金光闪闪，令人目眩。

张昆想起早前听乡老传言，此地早就夜露异光，近几日更是光芒不同往日，照耀非凡，想来就是这一柄金刀的缘故了。定睛一看，只见刀旁岩壁上还有一行小字闪动："神刀藏洞，猛士安在？"张昆心中默念："若得宝刀，我愿以此披荆斩棘，为民请命，替天行道。"祷祝再三，手握刀柄，竟然将此金刀轻松拔出，顿时霞光四射，瑞彩千条，光芒朗照。

有了此宝刀的照耀，张昆一路披荆斩棘，开山搭桥，终于出得深峡。元朝末年，天下变乱，豪雄四起，张昆携此金刀劫富济贫，威震华釜。恰逢明玉珍在重庆一代兴义兵，抗暴元，建立了大夏国。威勇之名播扬四方的张昆自然被明玉珍招致麾下，授以都尉之职。智勇双全的张昆，以一柄金刀立下赫赫战功，很快成为明玉珍帐中头员猛将，被大夏国王授予"张金刀"的别号。

大夏国建立之后，明玉珍威震华夷，自然引得元军镇压，有元将阿那赤屯重兵于涪州，虎视重庆。国人悚惧，夏王白头，遂遣金刀将张昆率人马破营。张昆率人马侦察，只见敌营之中人着铁甲，马上鞍鞯，即将突击。张昆当机立断，挥舞金刀，率三百勇士如猛虎下山般从山上冲出，人借山势，黑云似的涌入敌阵。元军措手不及，马队顿时被冲散，一时大乱，张昆挥刀阵斩敌酋阿那赤，大队人马趁机掩杀，元军溃退，大夏军顺势攻陷了涪州。此战一举稳定了初创的大夏国,明玉珍取"安得猛士守四方"之意,封功勋卓著的张昆为"安得猛士将军","张金刀"自此威名远播四海,人人称颂。那座曾寻获金刀的峡谷,也随之扬名天下,被人们命名为"金刀峡"。

"人间瑶池"胜天湖

去往金刀峡上峡口的路上，在翠秀的华蓥山中蜿蜒向前，窗外会忽然间映入一池翠绿翠绿的秀湖，碧玉般横卧在山峦环绕之间，颇似神话中的清清瑶池，这就是胜天湖。

初看胜天湖的景色，初听胜天湖的名字，总觉得它应该叫"圣天湖"，因为山峦滴翠、薄雾笼罩的它是那样地神秘，那样地静谧，水平如镜的湖面偶尔泛起点点涟漪，间或几只飞鸟展翅轻轻掠过，更显幽静，水面倒映，衬得人心都安宁了起来。

其实，只要看到那块胜天湖的标志石，就多半能猜到它命名的由来。那是一座雕塑石，在"胜天湖"三个遒劲有力的大字下面，是一位举锤凿石的民工塑像，他浑身的肌肉紧绷，眼神坚定，透着属于那个时代的特有精气神——"人定胜天"。

胜天湖原名胜天水库，位于金刀峡镇胜天湖村（原偏岩镇元门村）神仙洞组邓家沟，属于重庆市水利局直接管辖的中型水库。距北碚城区约48公里，位于偏岩古镇西北约4公里处，华蓥山南麓，黑水滩河的沱峡口，海拔高度约390米，为黑水滩河的发源地。1970年12月胜天水库破土动工，1979年10月竣工，堤坝底座长26米，宽20.5米，坝顶长176米，宽3.6米，高52.37米，水深52.37米，积水面积40余平方公里，库区纵长1.5公里，总库容量1595万立方米，设计灌溉面积2.56万亩。在近十年的艰苦奋斗过程中，有近万民工投身建设，以21人牺牲、70余人伤残为代价修筑成这巴蜀大地少有的高山人工湖泊，也是那个"人定胜天"时代的历史见证，胜天湖正是以此得名。

水碧山青的胜天湖地处观音峡背斜和龙王洞背斜，两低山北端相连的峡谷之中，群山环抱，峡谷幽静，历经40余年经营，景区绿化覆盖率达90%以上，植物类350余种，动物类170余种，草木郁郁葱葱，山顶云雾缭绕，若隐若现，空气清新，风景优美，气候宜人，湖中心还有一座小岛，浓荫覆盖，如翡翠一般漂亮。湖岛朦胧，缥缈如蓬莱仙境的胜天湖，自然景观和人文景观融合在一起，"峡谷奇观""神洞飞瀑""雄狮卧水""大坝溢洪""半岛寻芳""仙女飞花""峡洞奇观"等主要景点引人入胜，山、水、泉、洞、峡、瀑、岛等俱佳，境幽、水绿、瀑高、石怪，高山湖泊景貌堪比台湾日月潭。1987年，胜天湖被评定为重庆市级风景区，也是重庆市人民政府批准的饮用水水源一级保护地。

胜天湖的美景所巧妙处，还在于那由层层条石垒砌而成的雄伟大坝，高逾千丈的大坝下，正是如今依然在正常运转的水电站，清清水流翻过大坝下泄成悬崖高瀑，更让人感叹人力的伟大。恍惚看到那醉人的湖光山色，总以为是人间仙境，岂料这"瑶池"，乃是人力垒砌而成。自然景观和人文景观，很多时候是互为排斥的，而在胜天湖这里，却是那样地和谐，那样地宛若天成。

前些年，胜天湖多有垂钓、野炊、宿营和游船，近年来为了保护水质和生态环境，已经全部取消，那"人间瑶池"的景色越发神秘迷人，相信在未来的日子里，胜天湖这一处人与自然水乳交融的美景，更会焕发新的神采。

天渠飞架起虹霓

第一次去金刀峡的路上，迎面总看见山丘间一架架虹彩一样的石桥。细看时，又不似桥，因为这一座座的桥规格相近，宽度却又太窄，应该只能走人而过不得车，在这高低迭起的绵延山间，单纯为了行走而修这样多的桥，似乎又"划不着"，一头雾水。

在金刀峡中跋涉了四个小时，看完了那跌宕多姿、砯崖转石的碧水，再看那些"石桥"时，忽然想起来曾在中学历史课本中看过的古罗马人在山间修的引水槽，恍然大悟，那不就是这个样子嘛。

这些水渠，当地人称之为"渡槽"。20世纪70年代，正是"人定胜天"的年代，柳荫镇连年干旱，农作物收成不佳，在水资源匮乏的年代，水渠是输水的重要途径。人们不怨天，不尤人，以"愚公移山"的不屈精神，开山凿石，徒手搬运，历经近十年的苦干，在金刀峡中建设了胜天水库，在柳荫镇建设了两条干渠，12条支渠。总长43公里左右的"渡槽"，如同一条条血管，将华蓥山中含蓄的清洌的山泉溪水引入全镇的田间地头，灌溉成一片又一片的肥沃良田。

常见的水渠，一般都是修建于地面上，或者如"世界第八大奇迹"的红旗渠那样，游走在群山峻岭之中。柳荫的水渠却不然，它在山峦丘陵之间游走，如石拱桥一般连接起一座又一座的小山高丘,落差最高处,居然超过50米,真是名副其实的空中水渠——"天渠"。

随着时代的进步,科技的飞跃,田间地头的山坪塘、蓄水池多了起来,引水管道越来越多,柳荫镇的渡槽完成了历史使命,渐渐被废置,但它那如虹彩飞架的身姿却从未离开人们的视野。

如今,在柳荫,保存完好的渡槽还有30多公里,柳荫镇也成为重庆的"渠乡",而在乡村振兴的大背景下,焕发了新的生机,从另一个角度继续服务着一方水土。

的确,任何看到这些宏伟渡槽的人,都免不得一声惊呼,任何了解到那一段艰苦奋战的历史的人,都免不得敬佩喟叹,这一座座的渡槽,正是那个时代,那些人筚路蓝缕,勠力前行的象征,是一座座时代纪念碑。

随着乡村旅游的兴起,柳荫的渡槽借着人们的镜头、画板和笔端,也吸引了越来越多的眼光,成了旅游"打卡"的热门景点。

2020年1月,四川美术学院的师生们创作的一尊名为《一锤定荫》的大型雕塑在柳荫镇东升村的一处干渠下落成,在虹彩飞架的渡槽下面立起了一柄硕大的锤头,有过那段岁月的人们争论这究竟是不是"二锤",据说那长长的锤柄应该是软的,喊着号子用力甩下去,用来敲击石渠背面那些难以触及的地方。雕塑上还张贴着许多当年修建石渠的照片和单据等资料,记录着那个充满火热激情的岁月。柳荫镇当年盛产石匠,这纯以人力造就的水长城,真不知消磨了多少青春。吾生也晚,只能凭空怀想了。

天渠　国画　100 cm×50 cm

水土不土

对水土的印象,最早是在去偏岩古镇和金刀峡的路上,那时的水土已经布满了荒坡和一片片工地,道路与很多"大工地"一样,坑坑洼洼,摇摇晃晃,坎坎坷坷,一路颠簸下来,就连我这个不大晕车的人都晕晕乎乎的。于是这一条路在我的心里成了"畏途",没有特别的时机,总是不大想去。

有一年,跟着导航到了一条新路,只看到一排排别致的二层小楼分布在棋盘似的道路两旁,宽敞、洁净,充满了浓浓的未来感,我很惊异,这里什么时候突然冒出这样一大片优雅建筑?于是放慢车速,慢慢在园区中兜了一个圈,看到了标牌——"大地企业园"。为什么要在这么荒僻的地方建设这样一大片企业园呢?百思不得其解。

后来,"水土"两个字越来越被身边的人们所提起,人们谈起水土,总是眉飞色舞,透着按捺不住的喜悦,我这才知道,原来那片建设中的大工地就是重庆两江新区水土高新技术产业园。

水土地处中梁山与龙王洞山之间,嘉陵江环绕,竹溪河、后河穿行全域,地理位置显要,自清康熙年间设水土铺,乾隆年间"江巴分治"后改属江北厅,清朝末年成立水土镇,这里曾设有塘汛关卡,有过千人躬首、万盏明灯的繁华。

1951年至1965年,水土曾经是江北县人民政府驻地,作为江北县的政治、经济、文化中心，更是远近闻名，可惜后来随着区划调整，县城被撤销，曾经热闹的水土逐渐沉寂落寞了一段岁月。

2010年8月18日，两江新区水土高新技术产业园挂牌成立，这片地域位于两江新区西北部，涵盖北碚区水土街道、复兴街道，辖区面积118平方千米，规划建设面积65.52平方千米。这里是两江新区重要的功能区之一和打造万亿级先进制造业基地的重要组成部分，先后获批建设国家自主创新示范区、国家双创示范基地，是中新（重庆）战略性互联互通示范项目、中国（重庆）自由贸易试验区和两江数字经济产业园核心区。根据两江新区总体发展规划，水土高新园定位为"水土高新生态城"。

这里交通便利，距国博会展中心5公里，距江北国际机场15公里，距火车北站25公里；已建成"五纵五横"骨架路网，外环高速、渝广高速通达园区，东环铁路、黄茅坪支线铁路、轨道交通6号支线二期和16号线等重点项目正布局建设。

这里生活方便，汇聚了国科大重庆分院、西大附中两江校区、市九院两江分院（三甲）等一批名医名校。

这里众星闪耀，中科院重庆绿色智能技术研究院入驻，建成两江新区科创中心、中关村医学工程转化中心、纬创医疗转化中心、国家机器人检测与评定中心等平台，初步形成大数据及云计算服务、光电显示、半导体集成电路、生物制药及数字化医疗设备、机器人及智能装备制造等五个主导产业聚集区。园区落户世界 500 强 11 家（中国移动、中国电信、中国联通、华能国际、神华集团、腾讯、阿里巴巴、法液空、住友化学、康宁玻璃、川崎重工），中国 500 强企业 7 家（京东方、紫光集团、北大方正、浪潮集团、复星集团、力帆集团、金科地产）；战略性新兴制造业项目 169 个，战略性新兴服务项目 174 个，规上工业企业 57 家，限上服务业企业 13 家。

"水土不土"，是的，因为这里都是高科技产业，路上无纤尘，耳中无噪声，视线中均是蓝天白云。

2017 年以来，我跟随一个又一个的采风团探访水土，然而几乎每一次的感受又都不一样，因为水土一直在变化，在生长，对水土的印象已经完全被机器人、云计算、京东方等等一系列属于未来的名词所占据。水土，是北碚的未来，更是重庆的未来，中国的未来，世界的未来。

渡口长生望澄江

碚城依偎着缓缓的嘉陵江，两岸林木荟郁，卵石滩众多，村舍星罗棋布。而这些村舍乃至古镇的兴起，多半离不了的是渡口，城镇因渡口而兴盛，渡口又因城镇而热闹。碚城的嘉陵江水域以前有许多渡口，草街、澄江、北泉、金刚碑、东阳、黄桷、何家嘴、白庙子、水土、余家背、柳吊溪、童家溪……相对应的，这些渡口处也繁育了或大或小的街镇。

不过，随着近年来基建的兴旺，经济的发达，重庆已蔚然成了"桥都"，碚城仅老城区这一段就富有"八桥叠翠"。桥多了，路也多了，车更是多得成了烦恼，而那些渡口则渐渐萎缩，乃至消失了，过往那江上往来如织的舟楫日渐缩减，于是成了"码头没有轮渡"。

其实，碚城的码头还有轮渡，不过不在"名不副实"的正码头，澄江渡口是碚城硕果仅存的载人渡河的传统渡口，三胜水土渡口是重庆目前唯一在航的公益车渡。

坐落于温汤峡上峡口的澄江，于宋代建镇，古名依来镇。不过是先有渡口后有古镇，还是先有古镇后建渡口，就杳不可考了，大约随着古镇跨越千年，明人卢雍有"江上波涛小三峡，灯前风雨一孤舟"的诗句，正是澄江渡口的写照。

澄江镇曾有澄江码头、吴粟溪码头、何家沱码头等三个水码头；澄江码头最大，它包含上街码头、中街码头、夏溪口码头、糖房咀码头和运河码头。此外，距夏溪口几百米远的马家沱，以及它斜对岸的白沙沱也是泊船的水沱。澄江码头的繁盛，还是因为煤炭，二岩乡、草街都有煤矿，澄江运河也有煤矿，热闹的时光，嘉陵江面泊靠的运煤船及货船多达上百条。

澄江渡口位于南岸，渡过去，彼岸则是长生滩，澄江渡口设囤船，泊靠着的一只渡轮则是候船舵。过河的人，多是周边赶场的乡民，平常的日子，每天有二十多班船，逢赶场天则加多到三十多班。过河钱以前每人次为一元，近来刚涨为两元。如今只有一条船，这边的人渡过去，那边的人再渡过来，几分钟的光景就渡过了那不太宽的江面。

2020年12月底，我陪着"重庆作家体验北碚交通"采风团的作家们体验了一次澄江渡口，船上热热闹闹坐满了或赶场或游览的乡民，汽笛声响，船便离了岸，刚离岸时行船小心翼翼，船头调转，马达大响，船速加快，可惜行船不久又开始减速停船，只靠着一股惯性，便靠拢了岸边，一条颤巍巍的木板，就是下船的阶梯了。长生滩是一片干净的卵石滩，大概五六百米长，躺满了大大小小、形态各异的奇石，众人惊叹，纷纷下船捡石，可惜那岸的人下尽，这边的人登船，转眼间又要登船回程了。同行的万启福老师，是嘉陵江石的大收藏家，常坐此船到长生滩捡石，转眼间已经又拾得了一块大石，我正担心他回程携带费力，他却一把把石头塞给我，只得笑而纳之了，于是整个回程只有处处带着这块"巨石"，把它搬回了家。

回程的船上，坐满了热热闹闹、满脸喜悦的人们，有人刚在对岸买了柑橘，见我们一群有老有少，主动分出几只柑橘让我们品尝，一时间欢声笑语飘满船舱，江风吹拂，人情温暖，真如茶馆一般。这热闹又静谧的渡口啊，真盼它长生。

江上活桥三胜水土车渡

渡口渡的本来是人，车行车路，船行水路，各行其道，哪里还想得到会有交集呢，更何况是不太宽阔的嘉陵江上。

车多桥少的岁月里，要渡河的车，也就只有搭载轮渡。人和车一起搭载上船，几声汽笛响过，便渡过了或宽或窄的江。重庆车渡的历史始于20世纪30年代，曾经鱼洞—钓鱼嘴、李家沱—九渡口、菜园坝—铜元局、储奇门—海棠溪、中渡口—石门等都有车渡运行。

后来天生重庆桥梁一日多过一日，成了"桥都"，那些神奇的可以搭载车辆的轮渡就没了用武之地，日渐萧条。免费渡车的公益车渡更是少之又少，江河众多，水网纵横的重庆，现而今在航的只剩下一个，那就是碚城的三胜水土渡口。

江的一边是北碚水土镇，另一边是北碚施家梁镇三胜村，所以被命名为"三胜水土渡口"，这个渡口于1960年开渡，2011年7月停止收费，作为社会公益渡口，供来往车辆免费渡江。往返江岸，过桥需要多走十几公里，船行江上却只不过五分钟左右的时光。行船间隙，乘客们还会在这短暂的光阴里走下车，立在船边吹吹拂面江风，欣赏下两岸秀美的风光，毕竟这360°的江心观景台还是不多见。

唯一的，独特的，总是能吸引人的，是如今这座"江上活桥"年均渡运十几万辆车，"呜！"一声汽笛长鸣，轮渡缓缓靠岸，船上那些如玩具般排得齐齐整整的车鱼贯而出，紧接着，江这边排起长长队伍的车依次上船，又是一声汽笛长鸣，开往彼岸，周而复始，度过了六十几岁的光阴。

据重庆市车渡管理站相关负责人介绍，三胜水土渡口的渡运时段为 7:30—18:30，早晚高峰时每半小时一班，其余时间约一小时一班。乘客多的时候，会根据实际情况增加班次，即来即走，以减少等待时间。2021 年春节的七天假期，三胜水土车渡声名在外，慕名前来"打卡"者众，车辆繁多，比平时往日多开了 35 个航次（一个来回算一个航次），总共达到 133 航次，共运送车辆 5000 余辆，旅客 1.5 万余人。

热门的"打卡地"总是如此，排队等半天，体验数分钟，不过三胜水土渡口这个重庆硕果仅存的公益车渡，不仅浓缩了山城的地貌特色，更记录了深厚的人文历史，浓缩了重庆人的情怀和回忆，总使人们觉得不虚此行。

而今的三胜水土渡口全面提档升级，车渡两岸均铺设了彩化引道，安装了旋护栏，还栽种了 1600 多平方米的各类植物。三胜码头，建设了一面由 18 块浮雕组成的车渡文化墙，为人们讲述重庆车渡的前世今生。2019 年 10 月，三胜水土渡口建起了一座三层楼高的服务站，为过往车辆和驾乘人员免费提供临停、充电、如厕、饮水、Wi-Fi 等公益性服务，乘客在等船的过程中，可以在此休息。

立足渡口江边，又一座飞虹正在这繁忙的车渡旁渐渐合龙，彰显着人们过江方式的过去与未来。人们总是怀念着过去的时光，反复回味着悠悠岁月，这座负载着厚厚历史、人文的车渡，终究会成为一个符号，让我们对重庆这座山水之城的体味更深刻，更隽永。

后记：此心安处是吾乡

POSTSCRIPT

苏轼的《定风波·南海归赠王定国侍人寓娘》有小注云："王定国歌儿曰柔奴，姓宇文氏，眉目娟丽，善应对，家世住京师。定国南迁归，余问柔，'广南风土，应是不好？'柔对曰，'此心安处，便是吾乡'。因为缀词云。"

小著即将下印，编辑老师要求提供作者像一幅。我平常照相不多，《重庆晚报》的作者像是从某一张合照里割出来的，2017年至今，也用了好多年，近来比较满意的一张小像还是在游江兄那里照的。只得冒昧请游江兄画一幅，午间微信叮咚传来三幅，意外之喜，喜之又喜。

我与游江兄于2021年相识，之后微信之中神聊许久。多年来，他在磁器口的画室俨然成了重庆文化人的会客厅与打卡地，没"莅临观赏"且吃过游江兄的饭，对于重庆文化人来说总是一件憾事。今年7月末，我在大学城学习，结业之后，终于有幸探访，可惜时光仓促，未得用餐，可见我还算不上"文人"。

这几张图游江兄的注解为"作家要老，小生要嫩，要画出德高望重的资格"，嘱我"文坛说江湖，梦里枪挑邪气歪风"，谨记之，慎行之。

我于2010年来小城北碚读书。家乡河北新乐位于太行山下，滹沱河畔，千里大平原，四处沃野，所不缺的是梦里的槐花与麦浪青纱，所缺的则是山和水。山，要天朗气清，雾霾散去，远远地才可望见，所以抬眼得见，也只是近些年的场景；村旁的那条河，叫大沙河，河道宽阔，与嘉陵江的窄处相差不多，以前有水，但自我有记忆起，就空有一条越挖越宽，越挖越深的河沙。上游水库"十年一放水"，也只有那时才能见一条黄水滚滚东流。近些年，北方雨水增多，木刀沟与大沙河渐渐又有水流，自然又是后话。所以，对于我而言，山和水，便是罕见的风景。当年去燕山大学读书，就因为听了招生办一句"我校背靠燕山，面朝大海"。北上的火车上，一车人看到河流一阵呜嘘，看到高山又一阵呐喊，看到浩渺大海，更是望洋兴叹。

于是，来到碚城这个山水林泉湖皆备的地方，我自然是新鲜且好奇的，举目所望，皆是风景，并不是一句妄言。况且号为"百馆之城"的北碚，人文景观也同样丰富，徜徉其中，填补了我们不少的周末好时光。2013年毕业之后，妻去了文星湾的西南大学附属中学，我则去了歌乐山的林园。2017年之后，我打点行装，重回北碚，隔着一条马鞍溪，复与缙云山朝夕相对。

这几年来，得知我们在山城定居，亲友们纷纷来访，粗略算来，我的亲友、同学，妻的亲友、同学几乎都来过一遍了。有朋自远方来，地主之谊总是要尽的，陪吃陪喝陪玩自然是标配，于是，借着这个契机，我们爬了一遍又一遍的缙云山、北温泉、金刀峡、金刚碑、老舍旧居、雅舍、"江边"……2017年回北碚之后，我负责了北碚作协的一些服务性工作，由此参加或组织了一系列大大小小的采风活动，看到了更多的碚城风景。但碚城的风景啊，看了一遍又一遍，还是看不完，看不够。

于是，我总想写一点东西出来。2016年，第二届"碚城同读一本书"活动征集《雅舍小品》的书评，我想起当时读到月亮田故事的趣事，写了一篇《雅舍与月亮田》，得了一个小奖，后来发表在《重庆晚报》上。2017年，第三届"碚城同读一本书"活动的时候我又写了一篇《张飞古道品三国》写了在张飞古道回味《三国演义》的情形，得了征文的一等奖，后来发表在《重庆日报》上。于是也就有了一篇一篇写下去的动力和信心。2018年，北碚区作协承接了北碚区民政局的委托创作项目，围绕北碚地名，北碚及区外作家写了大约90篇文章，后来编成了《北碚地名故事》一书；2020年，北碚作协受北碚区文联委托，编组了《花开北碚山水间》一书，收录了大量描写北碚风景人文的诗歌、散文作品，由西南师范大学出版社出版发行；2021年，北碚区作协又承接了北碚区交通局《路与路的变迁：畅行自在北碚作品集》一书的编写任务，收集了大概60篇文章。这些项目我均参与其中，近水楼台，于是攒了或长或短的一些小文。

蒋导说，一个写作者，不能仅仅满足于写一些小文章，要有自己的规划。于是，我便有了一个小小的计划，写足99篇，凑一本文集出来，也就有了这本小册子。

《雾里梅花江上烟》，原名《碚城风景》。其实，书中本没有99篇，我写一篇，发一篇，或者束之高阁，恰逢北碚区委宣传部、北碚区文联年度创作资助项目申报，搜罗之下，居然已经有了30多篇，就用《碚城风景》的名目申请了，并幸运地获得了资助。后面按照规划，一篇一篇写下去，终于攒到了60多篇，却再也写不动了。

实际上，对于这本集子，我总是有些拖延症，总是惴惴不安，觉得我这样一个外乡人写出来的拉杂文字会不会漏洞百出，贻笑大方，于是陆续将这些文字投给《重庆晚报》、《北碚报》、上游新闻等，甚至想着等这些粗糙的文字挨个经过媒体的检验，彻底成熟之后再重新以已发表版本结集出版。

但是，我忽然发现了一个严重的问题。随着时间的推移，尤其是碚城日新月异的发展，有一些文字已然"过时"了。譬如，我当时写金刚碑的时候，它还在整修，而到了这本集子临近出版的时刻，它早已开业并热闹了起来。这也是这本集子的最大隐忧。但是，我想，作为一本带有主观视角的纯个人性的散文集，它记录了我这些年来对北碚的所思所想所感，作为一个在北碚生活、工作了十几年的"新北碚人"，这些文字，作为我十余年来旅居碚城时光的一个记录和见证，还是合格的。

2021年年节，碚城河北老乡大都未能回乡，团年聚餐，都是他乡异客，举杯之际，要说几句感言，我说了两句，一句"客舍似家家似寄"，一句"此心安处是吾乡"。

我总觉得2022年8月，会载入北碚的史册。在黄土飞扬、崎岖难行的隔离带上，我见到了来自河北的老乡，来自河南的师兄，来自山东的年届六十的奔赴一线清理火场的外

国语学院教授,来自江苏的始终奔波在一线的山城雪豹救援队队长……他们来自五湖四海,异域他乡,但在2022年8月的缙云山,他们、我们都是北碚人。正如诗人骆鹏所言:

北碚的北,是背靠背的北呀
北碚的碚,是被你感动的碚呀
今天,我无比热爱这座小城
每个北碚人,都是这座城市的守护神
守护它的美好,更爱守护人的朴素和坚强

心安之处,即为吾乡,北碚,这座横卧于嘉陵江畔,缙云山下的秀美之地,正是你我的安心之处。

再次感谢师尊吕进先生为本书题签书名并推荐,再次感谢王明凯、许大立二位先生为本书撰写推荐语,再次感谢恩师蒋登科先生为本书撰写精彩序言,再次感谢书画名宿李一夫、游江二位先生,他们的画作使得我这本小书"蓬荜生辉"。

嘉陵江水,浩浩汤汤,不舍昼夜,人生如寄,且临风高唱。

是为记。

张昊

2023 年 8 月 30 日